拯救溫斯洛

莎朗·克里奇 著
Sharon Creech

黃聿君 譯

目次

樂觀帶動悲觀，共同實現善良的美好價值

文／徐永康（台灣兒童閱讀學會常務理事）

生活中總是有意外，讓生命轉彎。而好的故事在描述這些意外時，提供我們機會，自身幻化為主角，想想事情落在身上時，我到底該怎麼辦呢？

故事發生在郊區的小地方，主角是個十歲的男孩路易，住在一個櫛比鱗次的小社區，有著愛他的父母親，而家中唯一一個哥哥，嚮往從軍的生活而去遠方受訓，使得路易失去了可以隨時說話的對象。就在單調生活

中，有一天發生了轉變契機。他的父親提了個籃子，籃子內有個看似活不了的早產驢子寶寶，路易不知哪來的勇氣，決心要照顧牠，之後，原本單調的生活有了精采轉變。

雖然爸媽不看好路易，因為過去路易在照顧動物上，不怎麼拿手，也死了不少。被取名為「溫斯洛」的小灰驢，在路易的照顧下，生命跡象上上下下，也引起了路易朋友的關心，特別是一向悲觀的小女孩諾拉，她總是告訴路易，不要抱持太大的希望，希望愈高，失望愈大。幸運加上路易的善良與毅力，溫斯洛在原本吸不到氣的脆弱狀態下，可以愈站愈穩，愈走愈久。

逐漸長大的溫斯洛需要更大的活動空間，原來的地方無法承擔，尤其溫斯洛的叫聲，打擾鄰居生活也被舉發糾正，直到有次隔壁鄰居發生火災時，溫斯洛發出警告的聲音，大家才開始思考溫斯洛「吵鬧」的用意……

作者克里奇女士的書籍是我必讀與蒐集的對象，不僅是因為她是美國紐伯瑞獎與英國卡內基獎大獎得主，而是在她的作品中，嵌入了共有的普世價值，如獨立思考、信任彼此、純真童年與人生意義，這些看似嚴肅議題的文學探究，在克里奇的筆下顯得簡單、易懂、深刻，以及讓人感動。

雖然本書書名為《拯救溫斯洛》，事實上，卻是拯救了三個脆弱的生命。一個是路易，他從小也是個早產兒。路易照顧早產的溫斯洛，就像是在照顧自己，看到溫斯洛的成長就像是看到自己的變化；另一個諾拉，她從小就失去弟弟，也是因為弟弟早產死亡讓她容易悲觀、懷疑與放棄，卻因對溫斯洛的照顧，逐漸樂觀；第三個就是小灰驢溫斯洛，在愛與關懷中，快樂長大。路易從照顧溫斯洛獲得自信，也讓悲觀的諾拉也體會到和路易、溫斯洛互動的快樂。本書中以幽默與情感筆調，體現出樂觀帶動悲觀，共同實現善良的美好價值。

適合後疫情時代簡單卻深刻的作品

文／周婉湘（美國賓州州立大學語文教育博士）

兒童文學史上少有同時獲得美國紐伯瑞小說金獎和英國卡內基文學獎兩項最高殊榮的作者，美國兒童文學作家莎朗・克里奇是其中一位雙料冠軍，她是說故事高手，作品絕對令人期待。《拯救溫斯洛》雖然原文在二〇一八年出版，這本書在後疫情時代讀來仍覺得十分切合時事，能為大小讀者帶來安慰和啟發。

本書的主角是十歲的男孩路易，故事的開頭令人聯想到懷特的《夏綠蒂的網》，路易像芬兒一樣想要拯救農場裡剛出生的小動物，在本書裡不是小豬，而是一隻媽媽難產過世的驢子孤兒。作者克里奇的寫作手法非常的易讀，中文版一百多頁長度的小說就分成了四十九個章節，因此每個章節都不長，就像一張張寫了故事的明信片，每章都只讓讀者看到路易的世界裡一部分的面貌，卻讓讀者還想知道更多，想要不斷閱讀下去。

前後章節描繪的片段不一定是連續的，有時會補充一些過去發生的背景故事，像是路易小時候的事，或是他和去從軍的大哥葛斯之間的情誼。這樣時空交錯的寫作手法，像是一塊塊的拼圖，有時讀者必須自己去填補章節與章節之間沒有明說的空隙，試著把整個故事拼組成一個完整的畫面。這樣的寫作手法展現出作者克里奇完全不看輕小讀者的理解能力，她相信讀者能在這些交織的主題中，讀出故事的主軸和潛在的旨意。

這些交織的主題裡，其中一個最突出的主軸是「新生命的存活」這件事，路易自己本身就是早產兒，他很幸運的存活了下來，而鄰居女孩諾拉的弟弟也是早產兒，卻沒有生存下來。這造成了路易和諾拉對於是否要拯救小驢子溫斯洛的態度很不一樣。故事最後，路易看到比特叔叔農場裡新生的小羊，還有房子失火的鄰居圖莉太太的嬰兒咘咘，這些都一再呼應了生命的脆弱與強韌，和無論如何都願意努力保護弱小的主題。

另一個一再出現的主題是「害怕失去的恐懼」，疼愛路易的哥哥葛斯離家去從軍，全家人對他思念和擔心不已；諾拉因為弟弟的死亡而不願接近溫斯洛，害怕一旦心理上對溫斯洛有所依附，終究又得面對失去的失落與傷心。故事裡作者讓路易和諾拉這兩個角色形成對比，也讓兩人都在故事的進展中成長與轉變。諾拉早上自己帶溫斯洛去山坡上散步的片段，一方面描繪路易找不到溫斯洛而面對害怕失去的恐懼，另一方面也暗示著諾拉的轉變，她終於願意花時間與溫斯洛相處，打開心胸再次去愛。

故事裡第三個重要的主題是「距離會造成偏見」，這些偏見展現在動物管制員，還有衛生所女士的態度上，路易覺得這些官員只重視法規，連一眼都不願意去看一下可愛的驢子溫斯洛。然而路易後來也發現了自己的偏見，他因為生氣鄰居圖莉太太一再嫌棄溫斯洛太吵，而對鄰居的嬰兒也有一樣的偏見。當他終於與小寶寶咘咘面對面，而溫斯洛的警訊救了鄰居圖莉太太一家，他們才彼此破除了偏見，並發現溫斯洛作為「牧羊驢」守護者的角色。

書裡沒有明確告訴讀者這個故事發生的時空年代，但故事裡隱約有著戰爭作為背景，去從軍報效國家的葛斯捎回家的明信片裡，提醒著戰爭對人們生活的影響。二〇一九之年後，世界上這麼多人在疫情中、在戰爭中失去親人，如何再次勇敢去愛，不怕受傷，在這個許許多多的事情我們都無法控制的世界裡，《拯救溫斯洛》提醒讀者：如果有一件可以投入心力去做好、全心全意去愛的事，也許能稍微給我們一些安慰。路易救了溫斯洛的生命，而溫斯洛也救了路易的思念之心。

1 那是什麼？

廚房地板上放著一個洗衣籃，裡頭裝了一團東西。

「又是死掉的動物嗎？」路易問。

「牠還活著。」爸爸回答。

正值隆冬時節的期間，夜晚就像一位不速之客，總是來得太早又待得太久，而且白天似乎愈來愈短。

洗衣籃是爸爸從外頭拿回家的。路易的媽媽一面低頭盯著洗衣籃，一面問：

「又是從比特叔叔那裡拿回來的，沒錯吧？」

比特叔叔在鎮外的郊區經營一家小農場。任何事情只要扯上比特叔叔，通常都沒什麼好事，因為路易的爸爸不是得浪費時間金錢，就是得做像是砍樹或在泥地高速開牽引機之類危險的事，再不然就是要處理動物的屍體。在此之前，路易的爸爸才拎了兩隻夭折的小豬回家埋葬。

路易跪在洗衣籃旁邊，看到一顆小小的灰色頭顱，頭顱上有兩顆烏溜溜的眼睛和細軟的睫毛，還有一對豎起的耳朵。頭顱下方連著的瘦弱軀體不停顫抖，連同那四條又細又長的腿，全都包覆在有咖啡色斑點的灰色皮毛下。

洗衣籃裡的動物既不是貓也不是狗，而且那隻小可憐正盯著路易看。瞬間，一股暖流竄過路易的心頭，感覺就像是掀開屋頂，一道燦爛的陽光照亮了廚房的每一個角落。

「牠是山羊嗎？」路易跪在洗衣籃旁邊問。

「不是，牠是驢子，」爸爸回答：「是昨晚剛出生的迷你驢。」

「迷你驢？」路易捧起小驢的頭輕輕撫摸，但是小驢似乎虛弱到無法動彈。「牠怎麼了？」

「驢媽媽生病了，沒辦法照顧牠。」

「好可憐的驢媽媽，」路易說：「好可憐的驢寶寶。牠接下來會怎麼樣？」

「狀況應該會惡化得很快，大概撐不過一、兩天。」

「不行！」

「既然這樣，」路易的媽媽說：「你為什麼要接手？既然一、兩天之後就會死了，幹麼帶牠回家？」

「我也不知道，」爸爸說：「就是看了難過，想說帶回家，至少我們可以在牠那個……呃，死掉之前好好照顧牠。」爸爸說話的聲音愈來愈小，最後說出口的幾個字幾乎聽不清楚。

小驢發出微弱的叫聲，聽起來像是在喊「幫幫我」。

路易把小驢從籃子裡抱出來，接著摟進懷裡。小驢身上有一股潮溼稻草的氣味。小驢把臉貼在路易的脖子上，又叫了一聲「幫幫我」。

「好，」路易說：「我接受這項任務。」

「什麼任務？」

「我要拯救這頭沒有媽媽的可憐小驢。」

2 改變

路易的家老舊寒冷，不僅擋不了風還會漏水。屋子最下方是堅固的石砌地窖，可是愈往上就蓋得愈草率不牢靠，最上方的屋頂傾斜內彎，頂著霉味四溢的閣樓。鎮上這頭的狹窄道路旁，多的是這樣的房屋，鎮外則是無邊無際的農田和原野。

往年到了夏天的時候，家裡明亮通風，沁涼的微風吹拂著窗簾，路易活力、個性果斷又有想法的哥哥葛斯總是吆喝著：「路易，快點，我們去油漆前廊。」、「路易，快點，我們去整理菜圃。」、「路易，快點，我們去

溪邊。」只要葛斯在家，總有新鮮事可做。可是現在葛斯從軍去了，他離家已有一年之久。

而且現在是冬天。

白天好短暫，每天又黑又冷……

日子就這樣來到一月，在這個下著雪的星期六早晨，強風把溼淋淋的雪花吹得黏滿整片窗戶。路易醒來的時候覺得身體輕飄飄的，好像自己正飄浮在半空中，而不一樣的事物也正悄悄靠近。

3 別在牠面前講

提起養小動物這件事，路易的運氣向來不太好。

大概是他三歲的時候吧，路易把蚯蚓帶回家，可是兩天後，那些蠕動個不停的可愛小東西，就全都乾掉死翹翹了。

那麼小心翼翼抓回來的螢火蟲呢？路易把牠們裝進玻璃罐，還在蓋子上鑽了透氣孔，但是三天後，螢火蟲也全死在罐子裡了。

還有他在慶典上贏來的金魚呢？不到一個星期，金魚就肚皮朝天和世界說再見了。

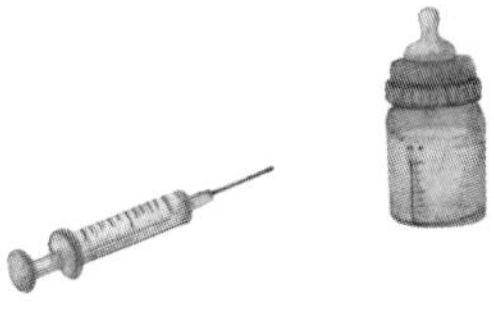

那隻也是在慶典上贏來的藍鸚鵡呢？路易仔細的餵食飼料和飲水，還教牠說話。他們一起度過了三個月，然後牠在籠子裡嚥下最後一口氣。

至於路易在路旁撿到的小貓咪？牠在帶回家的第二天就逃跑了。

那隻在房屋前廊發現的跛腳鳥呢？路易小心翼翼的把牠抓進屋裡，兩天後小鳥就從窗戶飛出去了。

還有其他動物包括倉鼠？蛇？烏龜？蜥蜴？路易全都盡力照顧，可是這些小動物不是一個個衰弱至死，就是轉身逃跑了。

最近這陣子，路易很想養狗。

不過爸媽覺得他去借一隻狗來玩，會比自己養一隻狗來得好。跟別人借狗，就不用跟狗一起生活，不用冒著雨水和風雪遛狗，地毯也不會被尿弄髒，家具也不會被啃壞。

所以星期六早上，路易看到爸爸帶著一隻裹在藍色毛毯裡的可憐小驢回家，吃驚程度可不是只有一點點。

「我不想眼睜睜看牠死掉。」媽媽說。

「不會的！」路易說：「牠不會死。我跟你們說過，我接下任務了。」

那隻可憐的小東西像在試探似的，用鼻子蹭了蹭路易的鼻子。

「噢。」

「別放感情，」媽媽提醒路易，「不然到時候你會心碎。就是牠那個……」

「噓，」路易說：「不要在牠面前講。」接著路易問爸爸小驢是男生還是女生。

「男生，」爸爸回答：「可憐的小東西。」

爸媽走到前廊「討論協商」。路易看到媽媽不時的揮舞手臂，爸爸則是乖乖的點頭、聳肩，彷彿在承認自己當時沒有想清楚。接著路易看到爸爸也揮舞起雙臂，他先是微笑，然後扮了個鬼臉，表情活像是隻可愛的驢子。

小驢可憐兮兮的在路易懷裡顫抖，牠小小的頭磨蹭著路易的脖子，細長削瘦的腿笨拙的交疊著。等爸媽回到廚房的時候，路易已經想好了計畫。

「牠可以待在地窖，我會睡行軍床陪牠，然後晚上或許可以開個暖氣。我們得去飼料行買稻草當睡墊，還需要奶瓶和奶粉。」

媽媽張開嘴但是隨後又閉上了，她什麼話都沒說。

「媽？我跟爸出門採買的時候，妳可以幫忙照顧小驢嗎？」路易把小驢輕輕放進媽媽的臂彎，不過媽媽似乎有些不情願。

媽媽低頭看了看小驢，仔細端詳牠可愛的小臉。「去吧，」媽媽說：「可是我先跟你們把話說清楚，牠可能會撐不過今晚。就算撐過今晚，也不見得能撐過接下來的日子。你們會非常、非常傷心。」

「不會的！」路易說：「我會拯救溫斯洛。」

「溫斯洛？」媽媽問。

「這是牠的名字，我剛剛突然想到的。」

4　正向思考！

路易的朋友麥克住在隔壁，飼料行就是他爸爸開的。路易去過店裡好多次，他常幫忙麥克上架商品，所以東西擺在什麼地方他都一清二楚。韁繩、飼料桶、外出提籠、除壁蝨藥劑、動物通用維他命，還有從小豬到驢子等各類家禽家畜的相關書籍，只要顧客詢問，路易都能告訴他們東西放在哪一區。

路易和爸爸到飼料行的時候，麥克剛好在店裡。路易和爸爸跟麥克說了小驢的事，然後選購了適合小驢的奶粉。

「買小袋的就好，」爸爸說：「因為牠大概沒辦法……」

「不會的，」路易說：「不要那樣說。」

麥克推薦他們買《養驢寶典》，但是路易的爸爸說去圖書館借就好。

「那個買了也是浪費，因為那隻小驢八成……」

「不要那樣說，要正向思考！」

爸爸只肯買幾樣零星的東西：尺寸最小的奶瓶、最小袋的奶粉、最小罐的維他命，還拿了只有薄薄兩頁的「新生幼驢」免費手冊（那本《養驢寶典》可是有兩百頁呢）。爸爸會這樣做，是因為他相信多買也只是浪費錢。爸爸也不想買一大捆乾草給小驢當睡墊，他說：「那頭驢子睡毯子就行了。」不過麥克的爸爸免費送他們不滿一捆的乾草，因為那是從某輛卡車上掉下來的。

「回家的時候要是小驢已經死了，」路易的爸爸說：「我們一定會覺得自己很蠢。」

「不要那樣說！」
「我只是不想讓你抱太大的希望。」

5 麥克和兩姊妹

今年十三歲的麥克大路易三歲，大家有時候會誤以為麥克和路易是親戚，因為他們常常玩在一起。兩個人的深色頭髮又蓬又亂，眼珠子也是深色的，而且體型都又高又瘦。至於路易的哥哥葛斯，他跟路易一樣有著深色的頭髮和眼睛，體型卻遺傳到爸爸壯碩結實的身材。葛斯在高中時期有打橄欖球，一直很嚮往從軍。

路易很想念葛斯。

路易有時候也會想念麥克。最近麥克不在店裡幫忙的時候，會跟同學

混在一起。要是路易提議一起去道路盡頭的山丘上滑雪橇，麥克有時候會說：「喔，我是青少年了，對雪橇沒興趣。」不過當他身旁沒有其他人的時候，麥克就會跟路易爬上山丘，搭著雪橇從山頂一路狂笑著滑下來。

路易就是在某回跟麥克一起滑雪橇的時候，碰到那對姊妹花。姊姊名叫克勞汀娜，妹妹則叫諾拉，她們家最近才剛搬來鎮上。克勞汀娜和麥克同年，諾拉則比路易小一歲。

那一天，山丘上就只有他們四人。當時是星期天的傍晚，到處都是厚實的積雪，氣溫冷得要命。路易想不起來自己和麥克是怎麼問出兩姊妹的名字、她們家住哪裡，還有今年幾歲這些資訊。麥克和克勞汀娜一面聊天一面大笑，路易和諾拉則待在雪橇上一路滑下山坡，然後又爬回丘頂再滑一次。對這一連串事情，其實路易的印象很模糊。

在回家的路上，等到只剩路易和麥克兩個人的時候，麥克用手按著胸口說：「我戀愛了！」他假裝步履不穩，往後一摔，整個人仰躺在雪堆上。

6 小驢小驢別擔心

路易和爸爸從飼料行買好東西回到家時，小驢正裹著毛毯依偎在媽媽的懷裡。媽媽緊摟著小驢，一面輕撫著牠的頭，一面說：「小驢、小驢，別擔心。」

路易在地窖找了一個角落，替溫斯洛鋪設小窩。他拿乾草鋪床，還在上頭加了幾條毛毯加強保暖。溫斯洛可憐兮兮的叫著，聲音聽起來就像在說：「幫我……幫幫我……」溫斯洛不懂得怎麼用奶瓶喝奶，一開始牠的鼻子老是會撞到奶嘴，等牠咬到了奶嘴，卻又吐出奶嘴。好不容易牠終於

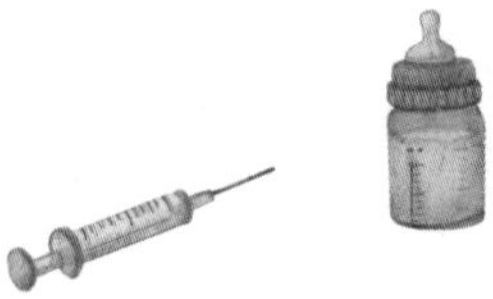

含住了奶嘴，卻不知道該怎麼吸奶。

路易陪在溫斯洛身邊，他摟著小驢，跟牠說話，輕拍牠，並且哄牠喝奶。路易把牛奶滴在自己的手指上，再送進溫斯洛的嘴裡。溫斯洛吸得很起勁，路易就這樣用手指餵了好幾回，最後才悄悄把奶瓶塞進小驢的嘴裡。

成功了！不過這三十毫升的牛奶，是又哄又騙了兩小時才讓溫斯洛喝進肚裡。溫斯洛喝完奶後睡著了，路易也摟著裹在毛毯裡的小可憐溫斯洛睡著了。

路易是提早兩個月出生的早產兒，體重只有一千三百多克。路易不喜歡看自己剛出生時的相片，因為當時的他骨瘦如柴，看起來像小鳥一樣，身上插了一堆管線，待在保溫箱裡，而且一臉無助徬徨。

有時候，路易覺得自己還記得那段時光。他知道這不太可能，但他經常在入睡或醒來之際，感覺自己快窒息了，然後突然間張大嘴吸進一股乾淨清涼的空氣，身體就像氣球一樣膨脹飄浮起來，就這樣飄離保溫箱，飄進這個世界。

這個世界啊，充滿了湛藍的天空，樹木枝葉茂密，綠葉的色澤濃淡變化無窮。鳥兒翱翔、俯衝、啁啾啼叫，還有黃色的鬱金香在風中搖曳。

路易抱著小驢入睡的時候，腦中正想著這些景象。幾個小時之後，他醒了過來，再次感受到那一股清涼乾淨的空氣，不過這回有點不一樣，他沒有身體飄起來的感覺。小驢虛弱的靠在他的胸膛上，路易拿毯子摩擦溫斯洛的身體，求牠千萬千萬要活下去。溫斯洛的腿抽動了一下，眼睛才睜開一下又閉上了。

路易鼓勵小驢再多喝點牛奶。「溫斯洛，拜託啦，好不好？」

路易想知道，當初爸媽是不是也求他活下去呢？爸媽是不是也像路易守在溫斯洛身邊那樣守著他呢？有沒有拚命鼓勵他繼續呼吸？有沒有拍拍他，跟他說話？那樣做有幫助路易活下來嗎？

再過兩個星期寒假就要結束了，到時候路易得回學校上課。他還沒想到開學後自己該怎麼照顧溫斯洛，他要怎麼定時餵溫斯洛吃飯啊？

不過，媽媽對他說：「噢，先別擔心那些事，我們連溫斯洛能不能活……」

「別說了，我不想聽。」

7 閃躲

路易好想念哥哥葛斯。雖然葛斯是自願從軍，大家也非常以他為榮，但是路易好希望哥哥沒去從軍。

「這是報效國家。」爸爸曾經對他這麼說。

路易希望自己也能報效國家。有時候，他會幻想自己站在山丘上保衛疆土。有時候，他會張開雙臂，好像自己在保護身後所有的人。這就是報效國家嗎？

葛斯熱愛籃球、棒球、足球和橄欖球，也鼓勵路易參與這類比賽，但

是路易慢慢領悟到，自己不像葛斯這麼有運動天分。路易對球類運動特別感冒，不管是投球、踢球、運球，還是揮棒擊球，球很少會照著他的意思走。別人投球、踢球、運球還是揮棒擊球的時候，路易總猜不著球會落在哪裡。

在某次特別慘烈的足球練習結束後，教練毫不留情的對路易說：「路易，你好像在……嗯，躲球。」

「沒錯！」路易說：「球飛過來的時候我就愣住了，我就是沒辦法閃躲。」

「你本來就不該閃躲。」

「我就是要閃躲。」

「嗯……路易，也許運動不是你的強項。」

當天晚上，路易問葛斯：「什麼是我的強項？我不擅長運動的話，會擅長什麼呢？」

「路易，別擔心，你還有很多時間可以去尋找。」

可是路易就是會擔心。他害怕自己永遠找不到擅長的事情，擔心自己沒辦法像葛斯熱愛運動一樣，找到自己熱愛、投入的事情。

8 葛斯

哥哥葛斯從軍之後，路易經常會這麼想：只是一個人離開，怎麼會帶走家裡這麼多蓬勃的生氣？每當他不經意走過葛斯先前常待的地方，內心總像是被掏空了。放著扁扁靠墊的沙發、汙漬斑斑的廚房流理臺（葛斯每次拿麵包、美乃滋、芥末醬、義大利臘腸和花生醬做三明治的時候，總會把流理臺濺得髒兮兮）、擺在自己床鋪對面的那張床、葛斯亂擺在前廊的臭鞋子和長袖套頭運動衣。現在，這些地方全都沒了葛斯的蹤影。

葛斯寄回家的每一封信，路易和爸媽總是看了又看。他們渴望聽到葛

斯的聲音、了解葛斯的近況，可是葛斯很少打電話，也不常寫信，就算信中寫了近況也只是草草帶過。他的生活不是「還好」就是「過得去」，只有一次，葛斯在信上寫了「超棒！」但是他也沒解釋到底棒在哪裡。軍中的飲食不是「還好」就是「過得去」，但有一回他和軍中弟兄吃到了披薩，評價是：「超棒！」

「他的字彙量真是少得可憐。」路易的爸爸有感而發。

一開始，葛斯在信末只會寫「葛斯」，後來信件的署名換成了「想念你們，葛斯」，到了最近，他每封信的結尾都是一成不變的兩行字：

記得我

葛斯

「我們當然會記得他。」每次看到葛斯信末的署名，路易都會這樣想。這還用得著說嗎！

這樣的文字讓路易擔心起葛斯。現在，路易懷裡抱著溫斯洛，哄牠喝奶，祈禱牠變得強壯健康，他也希望要是葛斯生病或受傷，有人能陪伴在葛斯身邊看顧照護。

9 抱了又能怎麼樣？

某一天的早晨，媽媽站在通往地窖的樓梯頂端，跟路易說有客人來訪。

「嘿，路易，我們來探望病驢了！」說話的人是麥克。麥克乒乒乓乓的下樓，克勞汀娜和諾拉跟在後頭。

克勞汀娜衝到溫斯洛旁邊。「噢。」

諾拉則是隔了幾步的距離，盯著溫斯洛看。

「可以摸摸牠嗎？」克勞汀娜問：「牠可愛到快讓我融化了。」

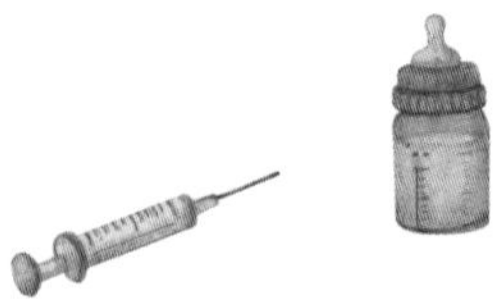

克勞汀娜的聲音、頭髮和衣服，全都柔軟又高雅，就連她的站姿，看起來也是一派溫柔輕鬆。

至於諾拉，她看起來一點也不溫柔。她像是剛從倉庫裡爬出來似的，牛仔褲髒兮兮的，還穿著尺寸過大的黑色大衣，腳上的黑色橡膠雨靴也是好大一雙。她的大手大腳，感覺和身體其他部位不怎麼協調。

諾拉看到溫斯洛的時候，不是說「噢」而是說「好噁」。她環顧地下室，先看向四周的石牆和水泥地，接著望向堆在牆角的水桶、水管和長耙，然後看看小行軍床、溫斯洛的乾草小窩，最後才看向溫斯洛。「你把那東西帶到這裡做什麼？你確定牠是驢子嗎？牠看起來不像驢子，比較像負鼠羊。」

「負鼠羊？那是什麼？」路易問。

「負鼠和羊結婚，生出來的寶寶就長那樣。」

「別理諾拉，」克勞汀娜用她溫柔的聲音說：「她講話就是那副德性。」

「別理克勞汀娜，」諾拉接著補充，「她講話就是那副德性。」

麥克從路易懷裡抱起溫斯洛仔細端詳。

「牠變重了一點對吧？身體還是挺瘦弱的，不過眼睛有進步，看起來明亮有神多了，說不定牠能撐過去。」

「牠當然會撐過去。」路易回答。說是這麼說，路易心裡卻不是很有把握。路易覺得要是自己不相信溫斯洛能撐過去，就等於是背叛了溫斯洛。

「這麼小小一隻？」諾拉說：「我覺得牠只剩半口氣了。」

「牠才剛出生沒多久。」路易說。他不明白自己為什麼要這樣解釋，話才一說出口，他就覺得自己蠢斃了。「有些新生命得努力才能活下去。」

「喔，這一點我很清楚。」諾拉說。

「真的？」

「當然，我弟弟……」

克勞汀娜打斷了諾拉的話。「噓，諾拉，妳在那裡胡說八道，吵到可憐的小驢了。妳看，牠嚇得渾身發抖。」

「我才沒有胡說八道，更沒有吵到那隻可憐的負鼠羊。」諾拉直視著路易的眼睛說：「我弟弟提早兩個月出生……」

「我也是！」路易說：「我那時候是個瘦巴巴的小可憐，一直努力求生。」

諾拉伸出一隻手指碰碰路易的手臂說：「可是你撐過來了。」

「噢。」路易很訝異，光靠短短的一句話，就能對一個人澈底改觀。

「妳要抱抱溫斯洛嗎？」路易問諾拉。

「不要，抱了又能怎麼樣？」

克勞汀娜用手肘碰了碰妹妹，「諾拉，別說了。不要這麼壞心眼。」

「我不是壞心眼，我只是不懂，反正都要死了，抱了又能怎麼樣？」

10 抓住這一刻

忘了是去年還前年的仲夏，路易從家裡走到鎮上的途中，看到一簇高大的向日葵，依著白色的籬笆綻放。他停下腳步，覺得眼前的景色就像是一幅畫：大朵的金黃色向日葵和白色籬笆相互輝映，上方的澄澈藍天飄浮著朵朵白雲。

路易渴望抓住這一刻的美好，於是一動也不動的站在原地。接著，天空中飛來一隻鳥，停在向日葵上休息。那隻鳥是藍色的，那種藍，比天空的藍色還要深。「那是什麼藍呢？」路易心想。下一秒，「靛藍彩鵐」的名

稱立刻從腦海裡冒了出來。他一定是在書上看過這個鳥名，是什麼時候看到的呢？是在哪本書上呢？路易完全想不起來。

眼前的景象變得更美了。一隻靛藍彩鵐停在金黃色的向日葵上，襯著一旁的白籬笆，上方還有藍天白雲。

光是站在那裡，路易就覺得幸福無比。

那天，路易要去鎮上買牛奶和麵包。在走到鎮上的店家之前，他先路過了一座小公園。公園靠走道的長椅上，躺著一個潦倒的男人。男人身材纖瘦，穿了一件破破爛爛的軍用外套，一條手臂擱在胸前，另一條手臂則是垂到地上，看起來像在睡覺。那個男人沒刮鬍子，頭髮又長又亂，衣服也髒髒臭臭的。

「我會想要捕捉這一刻嗎？」路易問自己。他會想要記住一個蓬頭垢面、身穿破爛軍用外套、潦倒又削瘦的男子，在灰色走道旁的綠色草坪上，躺在棕色木頭長椅上的景象嗎？路易邁開步伐繼續往前走，卻發現自己沒得選擇。不知道為什麼，那幅畫面早已深深烙印在他的腦海裡。

返家途中，路易悄悄把一個小小的牛皮紙袋擱在長椅旁。那個紙袋裡裝了兩個麵包捲和一條糖果棒。

好詭異。路易抱著渾身發抖的溫斯洛，一面聞著牠臉上飄來的奶味，一面回想那件事。好詭異，兩個時刻同時在腦海中浮現：湛藍天空下靛藍彩鵐停在金黃色向日葵上的景象，還有削瘦男子躺在公園長椅上的畫面。

溫斯洛的耳朵掃過路易的臉頰。「這一刻，」路易心想，「永遠都會留存在我心裡——一頭小灰驢躺在我的懷裡努力求生。」

11 溫斯洛是什麼？

某天早晨，地上積了一層厚厚的白雪，燦爛的陽光灑落大地，路易拿毯子裹起溫斯洛，把牠抱到戶外，在前廊坐了下來。溫斯洛警覺的轉動著牠的小腦袋，眼睛被明亮的陽光刺得不停眨啊眨的。溫斯洛揚起小臉貼近路易的臉頰，小口小口的咬著路易的圍巾。

「咩、咩，」溫斯洛低聲叫著：「咩、咩、咩。」

路易笑了起來。這是溫斯洛頭一次發出這樣的叫聲，在這之前，牠微弱的叫聲聽起來總像在說「幫幫我」。

「溫斯洛，你以為自己是小羊嗎？要跟羊咩咩一樣咩咩叫？你應該要說咿唷才對。」

溫斯洛大口嚼著路易的圍巾，毛線都被牠咬得鬆脫了。

正當路易用臉頰磨蹭溫斯洛的小臉時，旁邊有人說了聲「嗨」。諾拉站在走道上，穿著她的黑色大衣，腳踩著笨重的黑雨靴，頭上戴了一頂鮮黃色針織毛線帽，帽緣拉得低低的蓋住了耳朵。諾拉有一雙黑色大眼睛，一撮撮黑髮七橫八豎，以各種奇怪的角度從帽子下冒出來。「她看起來好像一隻大黃蜂。」路易心想。

「你跟那個東西在做什麼？」諾拉問。

「東西？妳是說溫斯洛嗎？」

「溫斯洛是什麼？」

「溫斯洛是牠的名字。牠是一頭驢子，名叫溫斯洛。」

「快死掉的那一隻嗎？」

「牠不會死的。」

「話不要說得這麼滿。」諾拉朝前廊走了幾步。她走得小心翼翼，像是怕有東西會突然撲向她，或是有人出來罵她、趕她走。

「妳要抱抱牠嗎？」

「不要，有什麼好抱的？」

「牠軟呼呼的。」

「不要。」

「咩、咩、咩。」

「哇！」諾拉說：「牠會叫！」她不由自主的露出微笑，但是一察覺這件事，她便趕緊拉下臉。

溫斯洛抬起鼻子，嗅聞訪客周遭的空氣，裹在毯子裡的小腳一直動個不停。

「牠在扭來扭去。」諾拉說。

「我覺得牠想到地上走走，可是我不知道行不行……我怕牠會太冷。」諾拉站在前廊階梯的底端。「你可以試試看。我是說或許啦，可以把牠放在雪已經鏟掉的地方看看。我是說或許喔，如果你想試的話。一切由你決定。」

路易解開毛毯，把瘦弱的溫斯洛放到地上。溫斯洛搖搖晃晃的，四條長腿像要打結似的，過了好一會兒才站穩腳步。溫斯洛轉向諾拉，朝她走了兩步便停下來，像是快跌倒了，接著又一路搖搖晃晃的走到她身旁。溫斯洛貼著諾拉的雨靴不停磨蹭，直到諾拉彎腰摸摸牠的頭才罷休。

「我覺得牠喜歡妳。」路易說。

「才沒有。」諾拉再次拍了拍溫斯洛的頭。「你覺得牠喜歡我？才不是呢。我敢說驢子都是這樣，只要有人，就會跌跌撞撞的跟過去。」

「或許吧。」

「好了，我該走了。拿去，你最好趕快把牠裹起來。你猜我怎麼想？」

「什麼?」

「要是你幫牠包尿布，就可以讓牠滿屋子跑了。我的意思是除了地窖，牠可以到樓上之類的地方。」

「尿布?」路易愣住了。

「對啊，我聽說有位小姐就是幫她家小羊包尿布，這樣子就不會把家裡弄得臭烘烘、髒兮兮的。」

「尿布?」

「對，尿布。我該走了。」

路易看著諾拉穿黑色大衣、雨靴，頭戴鮮黃色帽子的背影，目送她離開。

12 麻煩上門囉

聽到比特叔叔那輛藍色舊卡車轟隆隆的聲響，就知道他來了。比特叔叔塊頭很大，長得又高又壯，手腳也大得不得了。他打招呼通常都是先響亮的大喊：「嘿，親愛的！」接著往你的肩膀一拍。不過那一拍力道十足，常常讓路易站不穩腳步。

「嘿，親愛的路易！哇，小心點，別摔倒了。孩子，你得多長點肉才行。」

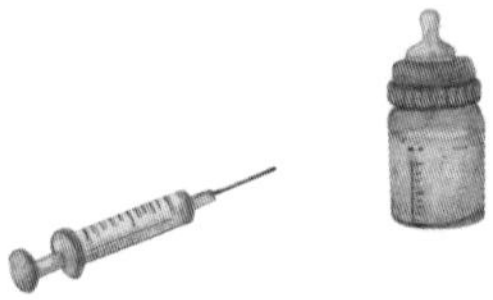

比特叔叔是爸爸的童年好友，跟路易家沒有血緣關係，不過路易的爸媽向來要路易喊他叔叔。

「麻煩上門囉。」媽媽說。每次見到比特叔叔，媽媽都會這麼說。

「哈哈！是我沒錯，『麻煩』正是我的代號。」比特叔叔的臉頰被室外的低溫凍得發紅。「外頭風雪交加，冷死我了。那隻小可憐的狀況如何？已經掛點了嗎？」

「到今天早上狀況都還不錯，」路易說：「你自己來看看吧。」

前一晚，路易很晚才餵溫斯洛吃飯，接著他們就去睡覺了。溫斯洛睡在牠的小圍欄裡，路易則睡在旁邊的行軍床上。通常到了清晨四點左右，溫斯洛就會吵醒路易，要路易餵牠喝奶，但是這天路易安安穩穩的睡了一整夜，完全沒聽見溫斯洛的動靜。

等路易醒來的時候，已經快早上七點了。他鬆了一口氣，心想溫斯洛說不定會繼續睡下去。過去幾個星期，路易每天都昏昏沉沉的，腦子從沒有清醒過，他總覺得自己就連坐著也會睡著。

路易打開圍欄的時候，溫斯洛不像平常那樣搖搖晃晃的站起來，或是把頭轉向路易。溫斯洛靜悄悄的，沒有發出「幫幫我」或「咩咩咩」的聲音，就只是側躺著淺淺的呼吸。路易抱起牠的時候，牠軟軟的癱在路易懷裡，還是沒有醒過來。

路易拿毯子摩擦溫斯洛的身體，把沾過冷水的溼布貼在溫斯洛臉上。「噢，溫斯洛，別這樣。你怎麼了？哪裡不舒服？」路易努力回想自己到底是在哪個環節出了差錯？他弄錯奶粉和水的比例了嗎？還是奶瓶沒洗乾淨呢？但是不管再怎麼想，他前一晚照顧溫斯洛的方式都跟平常沒有兩樣啊。

路易把爸媽喊來，接著跑到隔壁找麥克的爸爸。麥克的爸爸雖然不是獸醫，卻懂得很多動物方面的事情。

麥克的爸爸說：「八成是感染之類的問題。得讓獸醫看看，幫牠打抗生素。」

「是不是我沒照顧好？」路易問。他把溫斯洛緊緊摟在胸前，不斷撫摸牠的頭。

「剛出生的小驢都很脆弱，」麥克的爸爸說：「空氣裡隨便什麼病菌都會讓牠們受到感染，能撐下來算是奇蹟了。」

麥克的爸爸打電話給他的好友，對方是一位退休的獸醫，醫生一接到電話便火速趕了過來。獸醫先檢查溫斯洛的狀況，接著替牠打了兩針，還開了一張備藥處方單。

「孩子，沒事的，」獸醫對路易說：「牠應該撐得過去，但是萬一撐不過去，你也已經盡力了。世事就是如此，就算你全都做對了，但……」

獸醫沒把話說完。

獸醫臨走前對路易說：「接下來，你每天都要替牠打一針，最少得連續打上十天。」

「什麼？誰？我嗎？」路易問。

「我示範給你看。就連我的孫子都會打針，他才九歲。」

「打針？你要我幫溫斯洛打針？」

「看好了。」獸醫教路易怎麼用針筒抽取藥劑，檢查刻度確認劑量，然後輕彈針筒打掉氣泡，最後把針尖戳入，再推針把藥劑打進去。「拿顆橘子來練習，你沒問題的。」

「可是……可是……」

「你做得到的。」

當天稍晚比特叔叔來的時候，溫斯洛的狀況稍微好了一些。牠喝了幾十毫升的奶，眼睛睜開了，但是依然站不起來，呼吸也是淺淺的。

比特叔叔輕輕碰了碰溫斯洛，他大大的手掌包覆住溫斯洛小小的身體。「嗯，」比特叔叔說：「牠原本就體質虛弱。真糟糕。不過你真是不簡單，可以讓牠活到現在。」

「牠會撐過去的。」路易說。

「嗯……牠的媽媽沒能撐過去。昨天，我的灰小毛走了，看來生產對她造成的負擔，比我想像中的還要大。」

「溫斯洛會撐過去的，」路易很堅持，「牠會的，一定會。」

比特叔叔離開之後，路易回想起葛斯曾跟他說過「灰小毛」[1]這個簡稱，意思就是「灰色小毛驢」。

「溫斯洛，你是我的灰小毛，你會撐過這一關，對吧？」

1「灰小毛」的原文ＬＧＤ是Livestock Guardian Dog牧羊犬的縮寫，不過在比特叔叔的農場裡，負責守護羊群的動物不是狗（Dog）而是驢（Donkey）。葛斯認為ＬＧＤ是Little gray donkey（灰色小毛驢）的縮寫，故簡稱為灰小毛。

13 牠怎麼了？

「路易，你醒著嗎？那個女生在我們家門口。」媽媽說。

路易躺在沙發上，溫斯洛裹著毯子，依偎在他的胸口。

「哪個女生？」

「就那個嘛，你叫她『大黃蜂女孩』的那個女生。」

「喔，是諾拉啦。她來做什麼？」

「她在門口走來走去，我想她大概是想進來還是有什麼事情，你最好自己去瞧瞧，我怕我出去會嚇跑她。」

路易抱著溫斯洛走到門口。來人是諾拉沒錯，她在路易家門前的走道徘徊不去。

「嘿，」路易出聲呼喚諾拉，「妳來看溫斯洛嗎？」

「我只是剛好路過。」諾拉回答。

「對了，妳想看看牠嗎？」

「不太想。不想。或許吧。你把牠裹在毯子裡？」

「進來吧，」路易說：「我今天不能把牠抱出去，可是妳想進來的話，不用客氣。」

諾拉的目光掃向街頭，又一路掃回了街尾，接著用雨靴踢了踢雪堆。諾拉今天的穿著跟平常一樣，但路易發現自己不是很清楚諾拉的模樣，因為她老是把自己包在大外套裡，戴的帽子也緊貼著頭，讓人弄不清她的體型究竟是胖還是瘦，頭髮是長還是短。

諾拉緩緩沿著走道前進，彷彿還在猶豫要不要去路易家。路易把門打得更開了。

「進來吧，」路易說：「門不能一直開著，不然溫斯洛會受寒。」

「好吧。」諾拉一面說，一面走進路易家。她踢掉雨靴上的雪，若無其事的瞄了一眼路易懷裡那團毛毯的邊角縫隙。

路易掀開毛毯的一角。

「牠怎麼了？」諾拉問：「出問題了對不對？我看得出來，牠渾身軟趴趴的。」

「牠生病了。」

「我就知道。」

「知道什麼？」

「我就是知道，」諾拉單腳重重的往地板上一跺，說：「氣死我了！我不想看到牠這樣，我就知道。」

「等一下……」

「我要走了，我就知道會這樣。」

諾拉說完，便踩著重重的步伐走下走道，回到了街上。

14 銀色夜空

路易小時候，大概是他三歲還四歲的時候，有一回，他半夜醒來，發現窗外那片銀白色夜空，看起來是多麼的閃亮耀眼。月光穿過四方形的窗戶流瀉進來，寬廣的光束橫越整個房間，先是掠過床角，然後落在地板上。

當時路易覺得自己身處在異世界，那裡的太陽散發出銀色光芒，而且時間是白天而不是晚上。

路易走到窗邊，看著銀色光輝布滿整片夜空，草坪上處處可見黑黑長長的樹影。

路易走遍整個屋子，從不同的窗戶向外看。不管從家中哪個窗戶望出去，看到的都是銀白色夜空和黑暗的陰影。

路易搖醒葛斯。「出事了！你看，銀色的光！」

「那只是月光啦，」葛斯說：「今天晚上是滿月。」

葛斯牽著路易來到家中另一側，從浴室窗戶望出去，在鄰居家的屋頂上方，夜空中高掛著一輪滿月。

「看到了嗎？」葛斯說：「沒什麼好擔心的，一切都跟平常沒兩樣。」

路易回到床上，忍不住想著：「一切都跟平常沒兩樣？銀色的光很常見嗎？」為什麼自己以前從沒見過呢？為什麼銀色的光要喚醒他呢？

15 打針

路易第一次幫溫斯洛打針的時候，幾乎要嚇暈了。他雖然不斷告訴自己「我辦得到、我辦得到」，可是不太有自信。路易害怕出錯，擔心會弄傷溫斯洛。溫斯洛生病已經夠讓人難熬了，萬一不小心害溫斯洛受傷，他根本沒辦法忍受這種事。

路易準備針劑的時候，爸爸負責抱著溫斯洛。有段時間，路易覺得頭暈想吐，等到他把針頭戳進溫斯洛的皮膚，推針把藥劑打進去的時候，路易覺得自己要吐出來了。至於溫斯洛，牠只是稍微扭動了一下，並沒有發

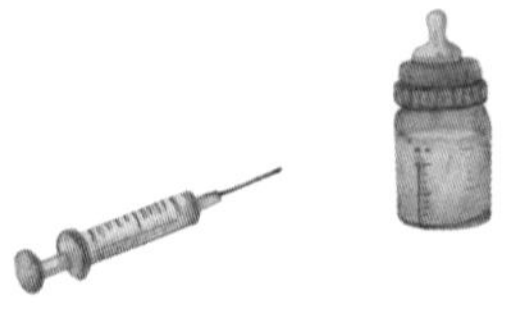

出半點聲音。

「成功了嗎？」路易問爸爸：「我成功打完針了，對吧？」路易輕輕揉著溫斯洛身上挨針的部位，然後把牠抱進懷裡。

「你似乎很驚喜。」爸爸說。

「是啊，驚喜之外也鬆了一口氣。」

「我也是，」爸爸說：「驚喜之外也鬆了一口氣。」

「我還以為自己會吐出來呢。」

「我也是，我還以為我們會一起吐。」

第二次替溫斯洛打針的時候，路易試圖說服爸爸，換爸爸替溫斯洛注射，可是爸爸說：「不行，負責照顧牠的人是你，你沒問題的。」

這一回，路易下針沒下好，針頭戳進皮膚後又從皮膚旁邊戳了出來，一推針，藥劑全都噴了出來。

路易很想把針筒往地上一摔，放聲狂喊：「我辦不到！我不行、不行、不行！」可是，他只看了可憐兮兮的溫斯洛一眼，就默默再接再厲。

這一次，針又沒下好。針頭原本該戳進皮膚和肌肉之間的皮下層，路易卻一路戳進了肌肉。溫斯洛發出哀鳴，路易則放聲大叫。

「溫斯洛，對不起！我不想弄痛你，我辦不到，我沒辦法讓你好起來。」

路易覺得好無助。

路易想像自己出生後待在保溫箱裡的時期。當時自己是不是常被戳來刺去，常常挨針和抽血？打針或是把管線接到身上的時候，是不是也困難重重？那時的自己有沒有哭呢？醫師和護理師會不會覺得無助？爸媽哭了嗎？

先前下錯針戳進肌肉的地方腫了起來，路易幫溫斯洛揉腫脹部位的時候，溫斯洛縮了一下身體。

接下來的幾天，打針過程順利多了，可是溫斯洛的狀況沒有明顯進步。

「牠為什麼沒有馬上好起來?」

「需要一段時間才能發揮藥效。」爸爸說。

「萬一藥劑根本沒效呢?」

路易希望溫斯洛馬上好起來。自己究竟是幫忙溫斯洛還是傷害溫斯洛?溫斯洛能不能撐過去?路易不知道這些問題的答案,而且他痛恨這些未知。

有時候,路易覺得溫斯洛活下來的話,葛斯也會得到保護,彷彿溫斯洛和葛斯冥冥之中有所牽連似的。

某一天,麥克和克勞汀娜在路易家門口叫路易出來。路易現身應門的時候,麥克和克勞汀娜都嚇了一大跳——他們看到溫斯洛搖搖晃晃的,跟著路易下樓來到前廳。

「走得不太穩,但至少能走路了。」麥克說。

「哇！」克勞汀娜說：「尿布！」

沒錯，一隻包著尿布的驢子。牠在屋子裡走動，而且是在樓上，不是在地窖裡。

「我知道這樣很怪，」路易說：「可是每次我從地窖上來，牠就露出一臉可憐的模樣，用頭拚命撞階梯，一直撞、一直撞。」

克勞汀娜伸手按著路易的手臂問：「可是你得要……那個，你得要替牠換尿布？」

「嗯，沒錯。這不是什麼好差事，我還要替牠打針呢。」

「打針？你會打針？」

「不是很上手，還在邊打邊學。」

克勞汀娜摸摸溫斯洛的頭問：「牠會撐過去嗎？」

「會的，」路易說：「牠會撐過去的。」

克勞汀娜歪著頭，一臉同情的說：「如果是我，應該不會對牠放太多感情。我是說，假如我是你的話。因為到時候我一定會非常、非常傷心，我是說萬一……」

路易打斷克勞汀娜的話。「嘿，諾拉呢？」

克勞汀娜拍了拍路易的手臂說：「喔，她不想看……呃……那個……」

「哪個？『那個』是哪個？」

「麥克，我們該走了，對吧？你不是還要去……那裡，做……那個……」

麥克猛眨著眼睛，然後說：「喔，對。我們最好趕快去。路易，回頭見……」

路易看著他們走向隔壁麥克的家。除過積雪的狹窄小路上，克勞汀娜走在前頭，麥克緊跟在她身後，他們一前一後的樣子，讓路易聯想到溫斯洛整天緊黏著自己的模樣。

16 驢子全都愁眉苦臉嗎？

寒假結束後，學校開學了。路易很不想離開溫斯洛，他每天出門上學前，都會先餵飽溫斯洛，然後再塞兩隻布娃娃和一件帶有自己味道的襯衫到圍欄裡陪伴牠。午餐就由爸爸和媽媽輪流暫停手邊的工作，回家餵溫斯洛吃飯，等到路易放學回家，再接手後面那幾餐。

路易一整天都在想溫斯洛。牠還好嗎？夠不夠暖和？會不會覺得孤單？路易滿腦子都是溫斯洛，根本無法專心學習。他還在紙頁的空白處，畫了一隻又一隻的驢子。

路易在學校圖書館尋找跟驢子有關的書，但是連一本都找不到。圖書館裡有跟狗、馬、牛、羊相關的書，但就是沒有跟驢子相關的。圖書館員遞給他一本《小熊維尼》，翻到有驢子插圖的那一頁。

「找到囉，」圖書館員喜孜孜的說：「屹耳！牠是很有名的驢子。」

路易尷尬極了。他心想，這本書是給小小孩看的，而且他老早就知道屹耳是誰了。屹耳是小熊維尼的好朋友，成天都愁眉苦臉的。

「驢子全都愁眉苦臉嗎？」路易暗自思索。

開學第一天放學後，路易回家看到溫斯洛，這才鬆了一口氣。溫斯洛站在圍欄裡，鼻子頂著鐵絲網，像隻小狗似的猛搖毛茸茸的尾巴。

「溫斯洛！你看到我好開心，對不對？」

溫斯洛搖擺著身體，拚命磨蹭路易的臉和脖子。

「你無憂無慮，對不對？」

溫斯洛蹦出圍欄，摔到路易的大腿上，四條腿打結似的纏成一團，一對大耳朵豎得又挺又直，直搔著路易的臉頰。

17 用不著這樣

路易在學校很少看到諾拉，可是每回在學校裡看到她，她通常都是一個人，不是落在一群同學後頭緩步走過長廊，就是獨自坐著吃午餐。少了她常穿戴的大外套、帽子和雨靴，路易一開始根本沒認出她來。某一天的午餐時間，路易端著托盤在諾拉對面坐下。

「你用不著這樣。」諾拉盯著自己的三明治說。

「用不著怎樣？」

「坐這裡。」

「我知道……我知道我不用這樣做，可是說不定我想。」

「是喔。」

路易和諾拉沉默不語的各自用餐，過了一陣子，諾拉開口詢問：「那個東西……那個病懨懨的小傢伙現在怎麼樣？死了沒？」

「牠是驢子，名叫溫斯洛。牠沒死。」

諾拉不再低頭看三明治，而是抬起頭對路易說：「還沒死。」

「牠的狀況很不錯，」路易說：「妳應該找時間來看看牠。」

「再說吧。」

星期六陽光普照，氣溫比前幾個星期溫暖，積雪大多融化了。溫斯洛跟在路易後頭繞著院子走。

「或許你該找條牽繩給牠。」有人開口這麼說。

路易轉身，看見諾拉站在走道上。

「有了項圈和牽繩，」諾拉說：「你就可以像遛狗一樣牽著牠散步。」

「這主意不錯。」路易說。

「我家有項圈和牽繩。」

「是喔？妳家有養狗？」

「養過。養過一隻狗。」

「抱歉，」路易說：「那種感覺糟透了。」

「什麼糟透了？」

「那個……養過狗，可是現在狗不在了，所以牠一定……牠是不是……呃，我猜牠死了，對嗎？」

「也可能是走失了啊。」諾拉說。

「哦，牠走失了？」

「不是，牠死掉了。」

跟諾拉說話的時候，路易有時候會覺得諾拉講的話是外星語。

「妳想不想摸摸溫斯洛？」

「你為什麼要叫牠溫斯洛？」

「我也不知道……第一眼看到牠的時候，我就想到了這個名字。」

諾拉脫掉一隻手套，戰戰兢兢的摸了摸溫斯洛的脖子。溫斯洛搖搖頭，耳朵抽動了一下。

「這代表牠很開心。」路易說。

「或許吧，」諾拉表示同意，「也可能牠不管看到誰，都會有這種反應。」

18 記得我

路易在書架上找到一張葛斯寄回家的明信片。那張明信片原本端端正正的立著，後來卻滑進書本之間。葛斯寄回家的信和明信片，路易總喜歡一讀再讀。葛斯很少提起什麼重要的事，但是看著葛斯的筆跡、讀到他寫的字句，讓路易有種葛斯隨時都會走進家門的感覺。

大家好：

很抱歉，我有好幾個星期沒寫信回家了。最近訓練很嚴格，我們

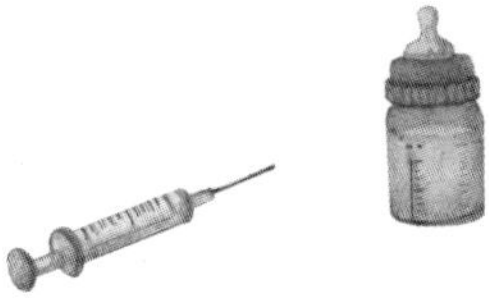

被操得很兇，真是累死我了，每天晚上都倒頭就睡，沒力氣看書、寫信和……思考。

沒什麼新鮮事，所以就這樣囉。

葛斯

記得我

19 戴黃色帽子的女孩

某個星期六早上，前一晚才剛下過雪，路易的媽媽說：「諾拉又在外頭囉。她怎麼不直接敲門呢？難不成你能感應到她在門外嗎？」

諾拉在屋子前面徘徊，手裡拿著繩子之類的東西甩啊甩的。

「諾拉？妳要進來嗎？」

「我只是剛好路過。我拿牽繩來了。」

「牽繩？」

「給驢子用的。你想牽牠散步的話可以用，不用也行。我把項圈也帶

來了，另外再跟你說一件事？」

「什麼事？」

「你可以牽驢子到山丘斜坡滑雪。」

於是，溫斯洛戴著狗項圈，扣上狗牽繩，讓路易和諾拉一面牽著牠上街散步，一面拖著雪橇前往山丘。

「跟溫斯洛一起試試吧，」諾拉說：「快嘛，牠可能會喜歡。」

路易把溫斯洛摟在懷裡，接著爬上雪橇，諾拉從後頭一推，一人一驢就這樣左搖右晃的一路滑下斜坡。

溫斯洛的雙耳在風中瘋狂飛舞，並且打在路易的臉上。雪橇突然往左偏，接著又往右偏，最後終於直行，迎接最後一段陡坡，滑行速度也跟著變快。

「哇！」路易大喊。

諾拉站在山丘上，戴著手套的雙手使勁鼓掌。她的黃色帽子、鼓鼓的黑色大衣和黑雨靴，讓她看起來像是一座大黃蜂燈塔。

「輪到妳了。」路易催她。

「不要。」

「妳不能不要，而且溫斯洛想再玩一次……抱好囉。」路易把溫斯洛塞進諾拉懷裡，接著拉雪橇就定位。

「嗯，如果我不能不要……」

沿著雪坡下滑的時候，一路上傳出了奇怪的聲響，「嗚哇哇啊……嗚哇哇啊……」不過這聲音只有一半是溫斯洛發出來的，其他全是諾拉的叫聲。

20 相思病

某天放學回家的路上，路易碰見麥克。麥克不像往常那樣充滿活力，他的頭垂得低低的，兩條手臂也軟趴趴的掛在身側。

「嘿，麥克，你怎麼了？一副無精打采的樣子。」

「感謝讚美。」

「你生病了嗎？」

「對，我生病了，」麥克用雙手摀住胸膛說：「相思病！我玩完了。」

「克勞汀娜？」

「對，克勞汀娜、克勞汀娜，除了克勞汀娜還會有誰？她連續兩天沒跟我說話了。路易，兩天呢！像永恆一樣漫長。」

「你惹她生氣了？」

「她說我快讓她窒息了！過度關注！你能想像嗎？一個人怎麼會過度關注別人？我還以為女生想要的就是關注。」

路易從沒想過女生想要什麼，就連男生想要什麼他都沒想過，也不清楚兩者之間有什麼差別，又或者情況是否會因人而異。路易只有一次受到過度關注的經驗。那是在他二年級的時候，班上有一位不太會講英語的新同學，她在第一天上學就黏上了路易。

「叫我庫琪，」新同學一面說，一面緊抓著路易的手臂，「這是好名字。」

看到庫琪這麼快就交到新朋友，老師似乎滿高興的。老師要路易跟庫琪坐在一起，幫助她了解情況，並且帶她參觀學校環境。

「我？」路易說：「您是在跟我說話嗎？」

「路易，我當然是在跟你說話。謝謝你熱心招呼庫琪。」

從那一刻起，除了他們各自上廁所的時間之外，庫琪都緊緊跟著路易。每一天，從早上在操場看到路易開始，一直到下午放學鐘聲響起，庫琪都一直如影隨形。路易放學後是走路回家，要不是庫琪住在小鎮的另一頭，得搭公車回家，她八成會一路跟著路易走到他家門口。

三個星期過去，路易實在受不了庫琪對他的關注，於是跟媽媽坦承，「我不能呼吸了！庫琪老是緊緊黏在我身邊問東問西，我走到哪裡她就跟到哪裡，還拉著我的手臂。我受不了了！我不想去上學了！」

「或許你該跟老師提一下，說你需要跟庫琪保持一點距離。」

「庫琪老是黏著我，我怎麼有時間跟老師說？」

「你一定能找到空檔的，我保證。」

幾天之後，路易真的找到了空檔。他趁庫琪上廁所的時候，飛奔去找老師，把自己的困境一股腦兒的說出來，並求老師把他從庫琪的手裡解救出來。

「嗯……」老師說：「我想將來你會很渴望得到這種關注，不過我懂你的心情，我會鼓勵庫琪去交其他新朋友。」

庫琪漸漸的交起新朋友，很快就懶得理會路易了。路易雖然覺得自己解脫了，卻也感到很困惑：庫琪已經不再喜歡自己了嗎？

現在，麥克因為克勞汀娜得了相思病，路易和麥克一起走路回家。路易說：「這幾天你先不要去找她，看看結果會怎樣。說不定她會想念你。」

「你是什麼時候變這麼聰明的？」麥克邊說邊推了一下路易。

「可能是因為跟溫斯洛在一起吧。好了，來我家看看溫斯洛，牠會逗得你哈哈大笑。」

溫斯洛搖搖晃晃的撞進他們懷裡，然後掀動著柔軟的嘴唇。當麥克回家的時候，他是笑著離開的。

「那隻驢子！」麥克說：「那隻驢子要讓我笑瘋了！」

21 畫

路易的床頭上方掛了一幅畫，但那不是原畫，而是複製品。畫裡的小男孩想牽著小牛走，但是小牛不肯乖乖聽話，一直站在原地不動。小男孩和小牛都很倔強，感覺像在上演一場溫和版的拉鋸戰。小男孩和小牛後方有金黃色的稻草堆和廣闊的原野，原野上有好幾隻雞在四處啄蟲吃。小男孩和小牛附近，有兩個小男孩站在一旁觀看。

醫院裡，新生兒加護病房外的候診室，牆上也掛了這幅畫的複製品。

路易出生後，他的爸媽在候診室度過了無數個小時，小男孩和小牛之間的

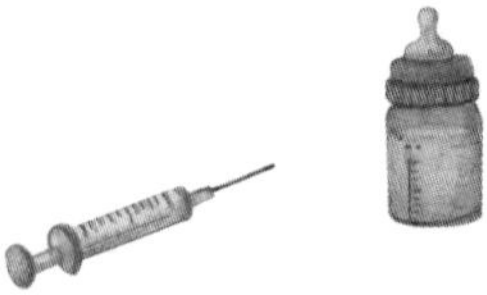

僵持拉扯，也觸動、安撫了路易父母的心靈。
創作這幅畫作的畫家，名字就叫溫斯洛．霍默。

22 出了什麼事？

春天剛降臨，大地和樹木冒出一簇簇鮮綠新芽，帶來生意盎然的新氣象，陽光也穿過薄霧灑落一地。路易帶溫斯洛來到前院，讓牠笨拙的盡情奔跑。這就是所謂美好的一天，一切安然無事。

諾拉來了，但她跟往常一樣說自己「只是出來走走」。沒了厚重的黑色大衣、雨靴和黃帽子，她的身形看起來小了一號，感覺更加脆弱。諾拉一臉心事重重的推門走進來。

「出了什麼事？」路易問。

「沒事，沒大事。」

溫斯洛很熱情，拚命用頭撞諾拉的手臂，等諾拉伸手摸了摸牠才罷休。諾拉不由自主的笑了。

「牠現在很習慣有妳在，」路易說：「我覺得牠剛剛在等妳來，牠一直往街上張望。」

「噢，這樣讓我很難過耶。」

「難過？為什麼要難過？我還以為妳會很開心。」

「欸，接下來牠要怎麼辦？麥克說你不能繼續把牠養在家裡，溫斯洛愈長愈大，也愈來愈吵……」

這一點，路易早就知道了，爸媽在這星期跟他提過。溫斯洛的確愈長愈大，就連搭在車庫後頭的臨時圍欄都快不夠牠住了。而且溫斯洛新發展出的超大叫聲，不只吵到了鄰居，就連路易的爸媽也受不了。

諾拉把頭靠在溫斯洛的脖子上。諾拉一綹綹的黑色鬈髮，和溫斯洛一撮撮灰黑夾雜的毛混在一起。「我打賭你得送走牠，以後牠絕對沒辦法像現在這樣快樂自由，很可能會生病或傷心至死。」

路易輕拉溫斯洛的頭，讓牠從諾拉的方向轉頭看自己。「妳為什麼老是往壞處想？」路易說。

諾拉把溫斯洛的頭轉回來。「因為要做好心理準備。你為什麼老是傻呼呼的期待完美結局？」

「傻呼呼的？」路易又把溫斯洛的頭轉向自己，手臂緊緊摟住溫斯洛的脖子。「我才沒有老是傻呼呼的期待完美結局。我做最壞的打算，但抱持最大的希望。」

諾拉一動也不動的站著，雙臂緊繃的貼著身體。「是喔，那麼你一定常常失望。」

「那麼妳一定常常難過。」

「才沒有，我是實事求是。」諾拉說：「你講話很毒。」

「我才沒有。」路易一面貼近溫斯洛的臉，一面說：「溫斯洛，我有嗎？我講話很毒嗎？」

溫斯洛掀了掀嘴脣，從牙縫間吸氣。

「看到了沒？」諾拉說：「牠也覺得你講話很毒！牠跟我同一國。」

「牠才沒有，牠跟我同一國。」

溫斯洛用頭朝他們各撞一下，接著揚起後腿向後飛踢。

23 葛斯的信

葛斯寄回家的信和明信片，全都集中放在客廳的藍色大碗裡。路易和爸媽特別想念葛斯的時候，就會從裡面挑一封出來看。

路易挑了一封寫給他的信，拿回樓上的臥房看。

嗨，路易！

路易，我好想念你。你長大了嗎？在我回家前不要長得太快，好嗎？

真希望我能陪在你和爸媽身邊，我好想家。幫我跟麥克打聲招呼好嗎？我敢說他也長大了。至於我，老太多了。

今天我吃了蛇肉。沒騙你，我得先殺了那條蛇然後再煮熟來吃。別跟媽說喔。

記得我

葛斯

路易躺在葛斯的床上看信。看完信，就假裝自己是葛斯躺在床上。路易頂住鞋後跟，順勢踢掉鞋子，葛斯就是這樣脫鞋的。路易把一個枕頭扔到自己床上，葛斯以前都是這樣做的。路易凝神望著葛斯大大小小的獎盃，整整齊齊的在書架上一字排開，也望著葛斯一頂頂染上汗漬的棒球帽。

路易打開衣櫥，聞了聞葛斯的衣服，衣服上有葛斯的味道。路易挑了葛斯最愛的那件足球隊球衣套在身上，黑紅相間的球衣上繡了數字21。路易站在鏡子前說：「我是葛斯！」

接著，路易躺回葛斯的床上，感受哥哥不在身邊造成的巨大空洞感。

24 別走

春天降臨，早晚的氣溫變暖了，所以他們讓溫斯洛住在車庫外的圍欄裡。路易的爸爸利用車庫屋頂的懸挑結構，跟圍欄一部分區域相接，好讓溫斯洛有遮風擋雨和躲太陽的地方，可是這不是長久之計。路易家的院子不夠大，和鄰居家的院子也靠得很近，並不適合養驢子。他們得趕快想出別的對策。

溫斯洛現在正在練習發聲，成天發出音量超大的粗啞嘶鳴和咿咿歐歐叫聲，吵得鄰居跪地求饒。

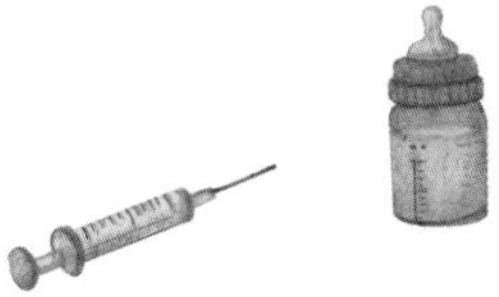

「你家的驢子真的很可愛，可是牠吵到我偏頭痛。這邊，還有眼球後面痛得要死。」

「我想牠是在學習示警，」路易說：「當陌生人靠近時要出聲通知我們。」

「哪種陌生人？郵差？送貨員？貓？松鼠？」

「牠有時候會……呃，唱歌。」有位鄰居說。

「我注意到了。」路易回答。

「可是牠的歌聲難聽死了。如果那算得上是歌聲的話，應該要幫牠找個老師來上課。」

受害最深的人是圖莉太太，她就住在隔壁，跟麥克家正好一左一右緊鄰路易家。圖莉太太向來不友善，所以抱怨抗議其實沒什麼好奇怪的。有一次，路易的媽媽端了一鍋湯過去，圖莉太太說：「心領了，我不來敦親睦鄰這一套。」大家都沒見過圖莉先生的蹤影，而且他們家也很少有訪客。

秋天的時候，路易主動要幫圖莉太太清理院子裡的落葉，但是圖莉太太說：「落葉知秋，別管了。」

最近，路易鏟完家門口走道上的雪，順便幫忙鏟圖莉太太家的，結果圖莉太太開門對路易說：「我不會付你錢。」

「沒關係。」路易說。

「那你就別再鏟了。」

現在，圖莉太太抗議溫斯洛太吵。她會猛力推開廚房的窗戶大吼：「驢子吵醒了我家寶寶，叫牠別叫了！」

麥克家沒有抗議，不過麥克倒是提過溫斯洛或許比較喜歡跟其他動物一起生活。

「比特叔叔家的農場如何？溫斯洛不就是從那裡來的嗎？」

路易不敢想像溫斯洛要離開自己的事。誰會像他那樣照顧溫斯洛？萬一溫斯洛又生病了呢？要是溫斯洛覺得被自己遺棄了呢？

夜裡，路易探頭看著葛斯空蕩蕩的床鋪，心想，「先是葛斯離開，現在輪到溫斯洛了嗎？」

「別走、別走、別走……」路易把臉埋在枕頭裡，悄聲說著。

25 好奇的溫斯洛

溫斯洛的好奇心愈來愈重，而且大多數是用嘴巴來找答案。溫斯洛啃禿了兩條電源線（幸好當時沒接上插座），啃爛了塑膠水桶、報紙和書衣，滴在車庫地板上的汽油牠也不放過，就連門框也大咬不誤，舊防水布更是讓牠吱吱咯咯的嚼透透。

溫斯洛在各式各樣的物品間跑來跑去，每一樣東西都要嗅一嗅、嘗一嘗。每隔幾分鐘，溫斯洛就會跑回路易身邊，用頭頂頂路易，就像在對路易說：「我沒跑掉喔，你也是吧？」

「牠跟瑪莉那隻小綿羊一樣，」麥克說：「你走到哪牠就跟到哪，八成是把你當成媽媽了。」

「什麼？」

「你想想看嘛，牠從小就由你照顧，沒見過同類，連驢子長什麼模樣都沒概念。牠根本不知道自己是驢子！八成以為自己跟你一樣是人類。」

那天夜裡，路易夢見自己有一對驢爸媽，他在夢裡想著：那我一定也是驢子！

溫斯洛發出嘶鳴，彷彿在回應路易。

溫斯洛可能真的在屋外發出了叫聲，又或許這只是路易的夢。他還在夢境裡，沒辦法分辨真實與虛幻。

26 溫斯洛！溫斯洛！

某一天的早晨，路易出門上學前，先走到圍欄餵溫斯洛吃飯。不過圍欄裡空蕩蕩的，柵欄的門也開著。

「是我忘了關門嗎？」路易很納悶，「我明明關上了門，印象中真的關了啊。我應該記得關了吧？」

路易衝到街上，沿著每一家的後院，一路呼喚溫斯洛。

「溫斯洛！溫斯洛？」

路易的爸媽和麥克也加入搜尋的行列。他們沿街挨家挨戶尋找，快速進出各戶人家的私人車道，見到樹籬就戳一戳，看看溫斯洛是不是躲在裡面。「溫斯洛！溫斯洛！」呼喚溫斯洛的聲音，在街道上此起彼落。

找不到溫斯洛，到處都沒有牠的蹤影，也聽不到溫斯洛的聲音。

「我不去上學了。」路易對爸媽說。

「可是我們得去工作……」

「沒關係，可是我一定要留下來找溫斯洛。」

麥克說：「我也會留下來。我陪路易一起找溫斯洛，如果我們找到牠……」

「等我們找到牠……」路易糾正麥克。

「好啦，等我們找到牠就去學校。」

他們重新回到圍欄，看看溫斯洛有沒有留下什麼痕跡，可是那裡除了因為路易和溫斯洛經常行走而嚴重磨損的地面之外，沒有什麼不尋常的地方。

「希望牠別晃到大馬路上。」麥克說。

「別往壞處想，說不定牠在別人家的花園裡睡得正香甜。」

路易和麥克繼續尋找，他們在街上不斷徘徊，在私人車道上來來回回，也在各戶人家的前院和後院不停穿梭。他們呼喚溫斯洛的叫聲，吸引鄰居走到門口和窗前詢問。

「你家的驢子跑掉了？」

「沒看到有驢子在附近出沒。」

「溫斯洛是誰？」

「溫斯洛是你家的狗嗎？」

路易奔向隔壁街區，一個街區接著一個街區的找。他呼喚著溫斯洛，愈喊愈大聲。開車的駕駛擔心的向他詢問狀況，就連老奶奶都走到大門口盯著狂奔的小男孩看。

「一定是狗走丟了。」

「我家的狗以前老往外跑，我敢說他的狗也一樣。」

路易愈來愈絕望，覺得自己快喘不過氣來了。「拜託、拜託，溫斯洛，拜託，你究竟在哪裡？」

路易努力想著溫斯洛可能去的地方。溫斯洛很可能迷路後心裡害怕，所以漫無目的的四處遊走。突然間，牠跟溫斯洛一起滑下山丘斜坡，溫斯洛的耳朵搔得他好癢的畫面閃過了路易的腦海。

山丘斜坡？雪早就融光了，山坡上滿是青草，可是說不定——說不定——溫斯洛真的跑到那麼遠的地方去了。

路易朝著山丘的方向前進。他好累，累到喘不過氣，心裡滿是恐懼、擔憂和痛苦。路易沒辦法想像失去溫斯洛的情況，他要自己別朝那個方向想。

路易轉過路口，抬頭望向丘頂，發現有個東西在山丘上。太陽位在山丘後方，刺眼的陽光讓路易無法分辨那是人還是什麼東西，只看得出凹凹凸凸的古怪輪廓。

27 熊出沒

路易四、五歲的時候，有一回，他撞見了一頭熊。當時他在院子裡，看見一隻熊在車庫附近的橡樹旁徘徊。

他想尖叫卻叫不出來，喉嚨完全發不出聲音。路易想逃跑卻沒辦法跑，他的腿僵住了，他的手臂也僵住了，路易動彈不得。

那天的風很大，粗壯的樹枝被吹得前後搖晃，細小的樹枝也啪啪作響。

熊離橡樹愈來愈近了。

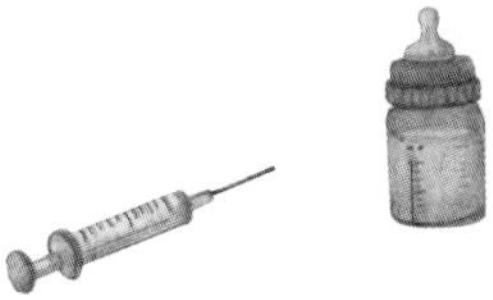

「救命！」路易想大喊「救命！」，可是他只聽見自己腦海裡的尖叫聲。

「要是我裝死，說不定熊就不會找上我，說不定牠會離開。」

路易緩緩躺到地上，把身體縮成一團。他努力不要亂動。他的手臂好癢，可是他不能抓。他喉嚨癢想要咳嗽，卻不敢咳出來。

風繼續吹拂，熊還是沒走，而且離橡樹愈來愈近。

路易一動也不動的躺在地上，他躺了好久好久，久到不知不覺的睡著了。

等到熊掌往他肩膀一拍，路易才醒過來。

「不要！」路易大喊：「求求你，不要！」這一回，路易發出聲音了。等他睜開眼睛，才發覺出現在眼前的不是熊而是哥哥葛斯。葛斯伸手輕輕的推了推他。

「你怎麼了？」葛斯問：「是我啦，你躺在這裡睡著了？」

路易環顧四周尋找熊的蹤跡。

「那裡！」路易大喊：「小心！熊在那裡……」

葛斯順著路易的視線看過去，然後緩緩朝熊的方向前進。

「不可以！葛斯，不可以！」葛斯往前越過庭院，路易則緊抓住葛斯的手臂，拚命想把他拉回來。「葛斯，不可以……」

不過葛斯沒有停下腳步，他走到熊的身邊，一把拎起眼前的東西，然後轉身面向路易。

「這個？這就是你說的熊？」

葛斯手上拿著一件蓬鬆的棕色夾克。

「這八成是麥克的，」葛斯說：「他老是把東西忘在這裡。」

路易鬆了一口氣，剛才他還以為自己就要暈倒了。不過他也覺得很糗，自己竟然被一件夾克嚇成這樣。

「別告訴爸媽。」路易說。

「好，」葛斯一口答應，「我以前也曾被飛蛾嚇個半死。」

28 噓，牠睡得正香

望著山丘上的模糊輪廓，路易的腦海浮現了夾克熊的回憶。跑來跑去尋找溫斯洛，讓路易累得喘不過氣，而且他心中滿是擔憂和恐懼。路易希望麥克能陪在自己身邊，但麥克早已前往別的方向尋找溫斯洛了。

路易緩緩爬上山丘。他不走斜坡，而是從山丘後方往上爬。陽光刺向他的雙眼，雙耳嗡嗡作響。

當他踏上最後一小段上坡路，視野也變得清晰多了。

「諾拉？」

諾拉快速的轉過頭，豎起一根手指貼在嘴巴前。「噓。」

諾拉盤腿坐在草地上，溫斯洛就在她的身旁。

「溫斯洛！我們找你找得……」

「噓，牠睡得正香。牠累壞了。」

諾拉和大多數沉默寡言的人一樣，有著一項讓路易抓狂的共通點。跟他們相處的時候，路易很難了解他們在想些什麼，甚至連他們有沒有在思考都不知道。有時候，路易會想在他們的腦袋瓜上鑽個洞，往裡面瞧瞧。要是不這樣做，自己根本無從得知他們在想什麼。說不定他們的腦袋裡有個大螢幕，上頭清清楚楚的寫著他們的想法。

話太多的人也會讓路易抓狂。他們的話語像一道又一道來勢洶洶的洪流，滔滔不絕的從嘴裡湧出。嘰哩呱啦嘰哩呱啦你也知道嘛，嘰哩呱啦嘰哩呱啦你有沒有聽說？嘰哩呱啦嘰哩呱啦我覺得……嘰哩呱啦我看到……嘰哩呱啦嘰哩呱啦。每次碰到這樣的人，路易都好想把手指頭塞進耳朵，讓耳根子清淨些。每回處在那樣的時刻，路易都好希望對方是沉默寡言的人。或許他寧可少聽懂一些，也不想多了解。

在山丘上，當諾拉說：「噓，牠睡得正香。牠累壞了」的時候，路易有一大堆想知道的事情，不過諾拉肯開金口說幾個字，他就已經很感激了。找到溫斯洛讓路易鬆了一大口氣，心裡全是滿滿的感謝。

29 疑點

路易在諾拉身邊蹲下，輕輕撫摸溫斯洛的頭，看到溫斯洛的耳朵動了動，這才放下心來。牠活著，平安無事。

「謝謝。」路易輕聲說。

「謝什麼？」

「謝謝妳找到牠，謝謝妳救了牠一命。我擔心死了。」

「小聲點。為什麼？」

「為什麼？因為牠失蹤了，我以為牠迷路還是受傷了……牠很可能會被車撞，或是掉進溪裡，或是……」

「噓。」

從頭到尾諾拉都一動也不動的坐著，持續凝望山丘底部。諾拉穿著一件鮮紅色毛衣，頭髮盤起來在頭頂紮成小球。她的模樣讓路易聯想到番茄。

「諾拉，我得帶牠回家了。我們還得去上學。」

溫斯洛醒來的時候眨了眨眼，牠先是看看諾拉又看看路易，然後掀了掀嘴唇。

「你吵醒牠了。」

「我們不能在這裡坐一整天。」

「我想也是。嗯，拿去。」諾拉把溫斯洛的牽繩遞給路易，接著快速起身飛奔回家。

路易回到家，打開溫斯洛的圍欄，拿下牽繩，把牽繩掛回鈎子上。直到這一刻，他才想到，「諾拉是怎麼拿到溫斯洛的牽繩的？」

到了學校，路易想趕快跟諾拉見面，問清楚她是什麼時候、在哪裡找溫斯洛的？可是午餐時間諾拉沒在學生餐廳出現，放學時路易也沒在離校人群裡看到她。

路易回到家的時候，麥克正跪在溫斯洛的圍欄裡跟溫斯洛講話，不過溫斯洛一發現路易回家了，立刻搖著耳朵發出響亮的開心叫聲。溫斯洛把口鼻埋進路易的肚子，嚼起路易的毛衣。

「真不知道牠是什麼時候、用什麼方法溜出去的。」麥克說。

「不確定是什麼時候，」路易說：「但我想應該是我忘了拴好門，肯定是我忘記了。」路易實在不好意思承認，自己八成也忘了解下溫斯洛的牽繩。

「你應該買個鎖裝在門上，」麥克說：「不然誰都可以進來牽走溫斯洛，或是把牠放出去。」

「可是牠會大吵大鬧！牠會嚇跑陌生人。」

溫斯洛走失的事情，讓路易耿耿於懷。

30 葛斯的粉絲俱樂部

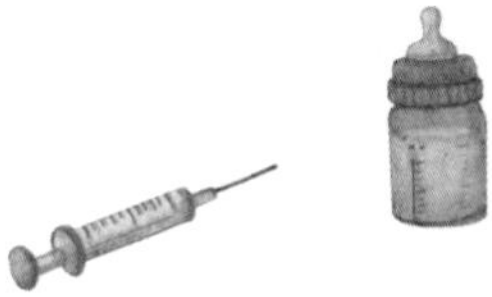

星期六早晨，天氣陰沉沉的，濃霧籠罩了房屋和院子。路易在衣櫥裡東翻西找，終於挖出一件葛斯的長袖運動上衣。運動上衣又厚又暖，上頭還留著葛斯的氣味。

路易走進廚房，媽媽對他說：「英雄所見略同。」媽媽也穿著葛斯的長袖運動衣。「等著看你爸吧。」

路易還來不及問為什麼，爸爸就從地窖走了上來。爸爸身上穿著葛斯的足球校隊夾克。

「看到了吧？」媽媽說：「瞧瞧我們，我們是葛斯的粉絲俱樂部。」

「好想念那孩子，」爸爸說：「我就是會忍不住擔心他。」

突然，一陣輕輕的敲門聲嚇了他們一跳，或許這三個人都在想、都在期盼，「葛斯！是葛斯嗎？」又或者往壞處想，「是葛斯的壞消息嗎？」

敲門的人是諾拉，她穿著一件鮮黃色的連帽雨衣，雨帽遮住了頭臉，讓她的臉看起來好小。

「我只是散步路過。」諾拉說。

「喔，妳要進來坐坐嗎？」

「不用了。呃，我不知道。」

「我們正在吃早餐，妳要不要來一點？」

「我吃過了。」諾拉左瞧右瞧、上看下看。「我去看看溫斯洛，可以嗎？」

「我跟妳一起去，順便跟妳說牠的食物放在哪裡。妳想的話，也可以餵牠。」

溫斯洛蹦上一捆乾草，接著朝諾拉和路易的方向一躍，蹦蹦跳跳讓牠的尾巴搖來搖去，耳朵也不停晃動，而且溫斯洛還啃起了他們的袖子。

「牠真的好搞笑，對吧？」路易說。

溫斯洛口鼻的顏色已經變成了純白色，毛皮則是淺灰色。淺灰色的毛皮上有一道深色斑紋，沿著脊椎往下延伸，另外還有一條深色班紋橫越兩側的肩膀，讓溫斯洛看起來像背著一副十字架。溫斯洛在路易和諾拉的雙腿間穿梭，還在乾草堆跳上跳下，四處跑跑跳跳、橫衝直撞。

「昨天在學校沒看到妳。」路易說。

「嗅。」

「我想問妳，妳是怎麼找到溫斯洛的？妳怎麼會有牠的牽繩？」

「不用牽繩就讓牠在大馬路上走來走去，你也不放心吧？」

「當然不放心，可是……妳是怎麼拿到牠的牽繩的？」

「你傻了啊？牽繩就掛在圍欄的掛勾上啊。」

31 嘿，親愛的

比特叔叔的藍色卡車轟隆隆的開上車道，在圍欄附近停了下來。

溫斯洛發現有陌生人靠近，不斷的大聲嘶鳴。牠的嘶鳴聲像是混合了短促嘹亮的鵝叫聲，加上咕嘟嘟的低沉喉音和刺耳的尖叫。

「嘿，親愛的！」比特叔叔喊道。

諾拉躲到路易身後。「那是誰啊？」

「那是比特叔叔，一個大好人。」

比特叔叔的外型和氣勢，實在很難讓諾拉相信路易的說法。他身穿藍

格紋襯衫、吊帶褲，腳上的橡膠靴沾滿了爛泥。

「他好大隻。」諾拉悄聲說。

「嘿，親愛的，」比特叔叔又打了一次招呼，「路易，她是你的朋友啊？那頭驢子怎麼樣了？現在長好大了吧，我壓根兒沒想過牠能撐過來呢。」

「咿噗——歐齁！」

溫斯洛往後退，護著路易和諾拉，不讓眼前的高大生物靠近他們。

「她叫諾拉，之前溫斯洛走失就是她幫忙找回來的。」

比特叔叔雙手扠腰的問：「走失？」

「牠沒走失。」諾拉說。

「咿噗——歐齁——齁！」

「什麼？」路易說。

「牠沒走失。」

「可是……」

「你們這兩個小鬼頭，我實在聽不懂你們在講什麼，」比特叔叔說：「路易，你爸媽起床了嗎？」沒等路易回答，比特叔叔就敲了敲大門，自顧自的走進屋內，同時大喊著：「嘿，親愛的！有咖啡可喝嗎？」

32 迷糊仗

「諾拉，妳先前說『在圍欄的掛勾上找到溫斯洛的牽繩』那是什麼意思？妳找到牠的時候，牠的脖子上沒繫牽繩嗎？」

「當然沒有。」

「所以妳聽說溫斯洛走失了，就先過來拿牠的牽繩嗎？」

「不是。」

「我被妳搞糊塗了。那妳剛剛說『牠沒走失』是什麼意思？」

諾拉輕撫溫斯洛，手指順著溫斯洛背上的那道深色斑紋撫摸。

「有時候我起得很早。」

路易真希望諾拉的後腦勺有個發條，這樣他就能上緊發條，讓她說快一點。

「所以呢？」

「我早起的時候，有時候會出門散步。」

「真棒。」

「有時候我會過來看看溫斯洛。」

「是嗎？我從沒在早上看過妳。」

「很早、很早、很早，那時候你應該還在睡覺。」

「諾拉……妳昨天是不是門上柵欄的門？」

「我？不知道，可能吧。」

院子裡還是一片霧茫茫的，有那麼一瞬間，路易覺得穿著連帽黃雨衣、雨帽罩著頭的諾拉就像是一道幽魂。溫斯洛嚼著諾拉的衣袖。

「我們得小心一點，」路易說：「萬一溫斯洛又溜出去四處亂晃……牠可能會受傷。」

「牠沒有四處亂晃，我們是出去散步。」

「妳說什麼？你們出去散步？我整個早上擔心得要死，你們竟然是去散步？」

「牠在圍欄裡一臉寂寞的樣子，我覺得牽牠出去散散步，應該能讓牠開心一點。」

路易已經不知道該說什麼了，他的思緒全都亂成一團。路易看著諾拉輕撫溫斯洛的脖子，看著她的指尖順著毛流溫柔滑動，看著她的黃色衣袖配上溫斯洛的淺灰色皮毛。路易沒辦法生她的氣。

「諾拉，下次帶牠出去散步，留張紙條給我好嗎？」

「好。」

33 我們得談談

比特叔叔和路易的爸爸從家裡走出來的時候，溫斯洛似乎已經了解比特叔叔不是壞人。比特叔叔摸了摸牠的身體兩側，檢查牠的眼睛和耳朵，溫斯洛都乖乖的一動也不動。

「嗯，牠的身體沒問題。真沒想到會有這一天，牠差不多可以了。」

「可以怎樣？」路易問。

爸爸說：「比特？你跟我來一下。」

爸爸和比特叔叔走到卡車旁低聲說話。

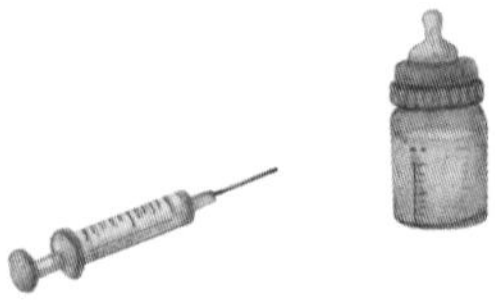

「他在說什麼？」諾拉問：「溫斯洛可以怎樣？」

「應該是換吃別種食物吧，」路易說：「或是去動物醫院做健康檢查。」

就在這一刻，一道陽光穿透霧氣，照在溫斯洛的頭上。

「是天使在作工。」諾拉說。

「什麼？」

「大家都知道的啊。」

比特叔叔一面揮手，一面把卡車開出車道。

住在隔壁的麥克，從窗戶探出頭高聲問道：「溫斯洛的狀況好嗎？」

「很好，」路易回答：「你要過來嗎？」

「等克勞汀娜到了就過去。」

「我姊姊？」諾拉問：「你是說那個克勞汀娜？」

「我認識的克勞汀娜就這麼一個。」

「麥克，」路易說：「你們兩個又開始講話了？」

「嗯，講話還有……親親。」

諾拉說：「好噁！」

溫斯洛的反應比較難判斷。牠發出「咿噗、咿噗」的聲音，這是認同還是反對？

路易家另一邊的鄰居，圖莉太太大吼：「叫那頭驢子閉嘴！閉嘴！」

路易的媽媽打開後門。「是圖莉太太在抗議嗎？」

「嗯。」

「溫斯洛又吵到她了？」

「嗯。」

圖莉太太家的寶寶大哭，溫斯洛也不停嘶鳴。

「閉嘴！」

「抱歉，圖莉太太。」路易大喊。

「我在哄寶寶睡覺！」

「抱歉，」路易接著小聲嘟囔，免得讓圖莉太太聽見，「有時候我會被妳家寶寶的哭聲吵醒。」

路易的爸爸從屋裡走出來，到圍欄旁對路易說：「我們得談談。」

諾拉說：「噢，我該走了。」

「妳可以留下來，」路易的媽媽說：「沒關係的。」

「不要，我不喜歡聽壞消息。」

「誰說是壞消息？」路易問。

34 我就知道！

溫斯洛推了推路易的手掌，牠掀動嘴脣、流著口水等著吃胡蘿蔔。

路易的爸爸斜倚著車庫，他的姿態讓路易想起葛斯。葛斯老是這樣隨興靠在牆壁、門框和圍籬上。有那麼一會兒，想起葛斯的模樣讓路易好開心，可是下一秒，路易比平時更加想念葛斯了。

爸媽面露擔憂。

「是溫斯洛的事，」媽媽說：「我們跟比特叔叔長談過了，他也覺得我們得送走溫斯洛。」

「我就知道，」諾拉悄聲對路易說：「我就知道是壞消息。」

路易緊緊攬住溫斯洛。「送走？離開我們身邊？」

爸爸一面摩挲溫斯洛的身體一面說：「路易，我們之前就談過，我們家離鎮上這麼近，不能養家畜。」

「可是比特叔叔家也離鎮上很近，他不就養了家畜？」

「他家離鎮上沒那麼近，而且那一帶屬於農牧區。還有，比特叔叔也說了，驢子需要跟其他動物一起生活，不該孤孤單單的。」

「牠才不孤單，」路易說：「牠有我，有我們。」

諾拉緊緊抓住溫斯洛的尾巴。

媽媽說：「牠可以回到比特叔叔那裡。」

路易和諾拉異口同聲的說：「不要！」

「為什麼？」

諾拉的雙臂在胸前交叉，擺出叛逆的姿態。「路易，你跟他們說，跟他們說為什麼。」

路易也把雙臂交叉在胸前。「因為牠得留在這裡，我們得保護牠。」

麥克和克勞汀娜手牽著手，從前門繞了過來。

「嗨，大家都好嗎？」麥克原本牽著克勞汀娜的手前後擺動，可是一看到路易和諾拉的表情，他馬上停止了動作。「出了什麼事？」

克勞汀娜用空著的那隻手摀住嘴巴。「噢，不會吧，有什麼問題嗎？」

「有，有很大的問題！」諾拉說：「每次只要跟什麼有了感情，馬上就會被奪走！我就知道！」

35 你想不想我們？

當天晚上，路易躺在葛斯的床上，窩在有哥哥氣味的被子裡。他想要葛斯回家，他有好多事情要問葛斯。

你害不害怕？

你餓不餓？

你冷不冷？

你平安無事嗎？

你想不想我們？

路易想跟葛斯聊溫斯洛，想告訴葛斯自己有多麼愛溫斯洛，全心全意的愛。他想跟葛斯說溫斯洛很有靈性，而且牠也用愛回應自己。他想跟葛斯說溫斯洛很逗趣，傻呼呼的，偶爾會吵鬧，可是他沒辦法想像沒有溫斯洛在身邊的日子。

葛斯離家從軍前，路易沒辦法想像沒有葛斯的日子。然後葛斯在某一天離開了，只留下無盡的空虛寂寞。

路易思索諾拉說過的話：「每次只要跟什麼有了感情，馬上就會被奪走！」

還有一件事也困擾著路易。溫斯洛是誰的？是路易的？還是比特叔叔的？

36 牠不是狗

天氣變暖後，出門散步和慢跑的人愈來愈多。他們一看到溫斯洛，就會停下腳步，目不轉睛的盯著牠看。

「哇！」

「那是一隻……一隻驢子！」

「沒看過這麼可愛的小東西！」

溫斯洛用一連串不同的嘶鳴聲回應那些人，牠大聲嘶鳴、搞笑滑稽、短促嘹亮，或是發出尖銳刺耳的聲音。接下來，圖莉太太便會大喊：「閉

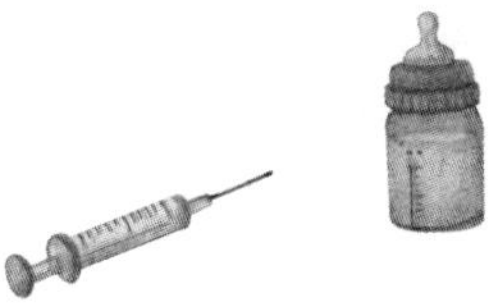

嘴！」但是圖莉太太的聲音，只會讓溫斯洛叫得更大聲、更起勁。

比特叔叔來訪後的某一天，動物管制員上門了。當時路易和爸爸在院子裡，那位動物管制員沒下車，而是搖下車窗，臉上沒有半點笑容。

「你們家是不是養了一頭驢子？就是你們後面那隻嗎？我們接到有人投訴，這一帶不准飼養家畜。」

動物管制員遞了一本小冊子和一張通知單給路易的爸爸。小冊子上明列了動物管制法規，通知單上則寫著限七天內將動物搬移出去。

「你不想看看溫斯洛嗎？」路易問。

「溫斯洛？」

「就是那頭驢子，牠很友善。」

「我從這裡就看得到了。」

「嗚——咿——歐！」

「我也聽得到牠的叫聲。」

「牠的體型比某些狗還要小。」

「可是牠不是狗。」

路易的爸爸說：「我們在處理了。」

動物管制員打斷爸爸的話，「你們得在七天之內，把那頭驢子遷出去。明白了嗎？」

動物管制員沒等他們回答就開車走了。

37 他憑什麼？

路易大爆發。

「什麼？他有權管我們嗎？他憑什麼命令我們送走溫斯洛？」路易一面踢著車道一面說：「那些規定是誰定出來的？人類究竟有什麼毛病啊？他好歹也看一眼溫斯洛吧？溫斯洛有礙到誰嗎？那個人為什麼就是不懂？」

隔壁家的寶寶，發出抗議似的嚎啕大哭。「咿——嗚——歐。」溫斯洛以嘶鳴聲回應。

圖莉太太打開後門大喊：「叫那頭驢子閉嘴！」

「叫妳家的寶寶閉嘴！」

爸爸把手擱在路易的肩上說：「好了，好了……」

「我才不管！寶寶大哭大叫會造成困擾，我們把寶寶送走！」

「路易……」

「蠢斃了，我討厭人類！」

「路易……」

38 你們家養了一頭驢？

當天稍晚，又有一輛車停在路易家門口。一位穿卡其色制服的女士下了車，然後伸手回車裡拿寫字夾板。路易僵住了，她是來通報葛斯的消息嗎？

路易從來沒看過這麼瘦的人。那位女士瘦到臉部凹陷，連骨頭都看得到，活像個骷髏頭。她伸長脖子打量路易和路易家的時候，脖子上緊繃的肌腱清晰可見。

穿制服的女士逐漸靠近，路易能看到她襯衫口袋上的識別證，上面寫著「衛生所」，下方貼著小小的大頭照，姓名的位置寫著：桃樂絲。

「你住在這裡嗎？」桃樂絲問。她的聲音又尖又急，彷彿隨時都會崩裂分解。

「對。」

「你爸媽在家嗎？」

「在。」

桃樂絲看了看寫字夾板說：「你們家養了一頭驢？」

「對。」

桃樂絲拿筆敲了敲寫字夾板，然後搖著頭說：「這裡不准養驢。」

「可是牠很小一隻，體型比狗大不了多少。」

溫斯洛在後院察覺到有陌生人出沒，於是發出響亮而粗啞的叫聲。

「咿——嗚——唷、咿——嗚——唷。」

「天啊，聽起來是驢叫聲沒錯。」桃樂絲走上車道，朝溫斯洛的圍欄前進。溫斯洛繼續大聲的瘋狂嘶鳴。

「這裡不准養驢，」桃樂絲又說了一遍，「會危害健康衛生。」

「可是牠很健康，」路易說：「妳要摸摸牠嗎？」

「不，我不想。這會危害健康衛生。」桃樂絲的棕色眼珠像是兩顆小彈珠，深陷在她的眼窩裡。「壁蝨、跳蚤、黴菌，更別提驢糞裡的細菌了。」

溫斯洛叫得很大聲，路易聽不清楚桃樂絲在說什麼。

「什麼東西裡的細菌？」

「驢糞，就是……驢子的大便。你們是怎麼處理驢糞的？」

「咿——吼——歐！」溫斯洛不喜歡這位陌生人。牠抬高嘴，抵著圍欄，衝著桃樂絲大叫。

隔壁傳來寶寶的哭聲，接著是圖莉太太的聲音，「叫牠閉嘴！現在就叫牠閉嘴！」

「對了，」桃樂絲說：「抗議投訴。我得跟你爸媽講話。」桃樂絲轉身走到屋前，敲了敲後門。

桃樂絲跟爸媽講話的時候，路易留在屋外。「說不定她只是公事公辦。」路易想。可是她根本沒注意到溫斯洛有多可愛，她不知道溫斯洛在鬼門關前走了一遭，也不知道溫斯洛有溫柔惹人憐愛的一面。她沒注意到溫斯洛身上沒長壁蝨、跳蚤和黴菌，她根本不在乎。

路易希望自己長大後不用做桃樂絲那種工作，不過萬一——例如被環境所逼不得不做那類工作——他也會凝視動物的雙眼，跪在動物身邊，然後傾聽小飼主的說法。他絕對不會表現得冷漠無情，對小飼主和動物不屑一顧。

39 跟我來

路易沒去過諾拉家，他知道諾拉住在哪條街，而且那條街很短，可是他不知道諾拉是住哪一戶。溫斯洛戴著新牽繩跟在路易身邊，路易牽著溫斯洛一面走一面踢著小石子，心中期待著說不定諾拉會剛好出現在家門口。一人一驢從街頭走到街尾，又從街尾走回街頭。

「笨蛋動物管制員！笨蛋衛生所！笨蛋法規！」

路易覺得身旁的溫斯洛也對自己的想法深有同感。

「笨蛋圖莉太太！笨蛋愛哭寶寶！」

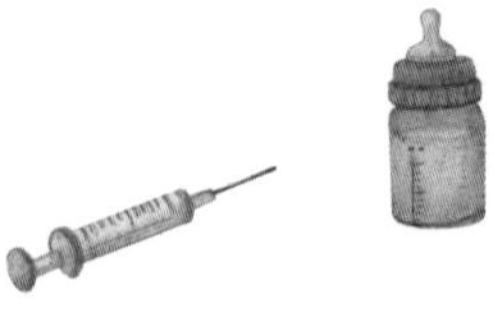

「嘿，路易！」

是諾拉。她站在一戶白色小房子的門口。諾拉一面穿上夾克，一面走到走道上。「走這邊。」諾拉指著一條穿過空地的小徑說。

諾拉停下腳步，摸了摸溫斯洛的頭，即使她的衣袖被溫斯洛口水弄溼了也不在意。她領著路易走上小徑，穿過空地，接著走進一條髒兮兮的小路。「這條路是捷徑，你走過嗎？」

路易已經搞不清楚東南西北了。「沒，應該沒有。這條路通往哪裡？」

「跟我走就對了。」

那條髒兮兮的小路上沒什麼住家，有的住家大多又小又舊，不是露營拖車，就是沒人住的廢墟。

「你沒來過這裡嗎？」諾拉問。

「沒有。可能很久以前有吧，我不確定。這條路通往哪裡啊？」

「垃圾場。」

「噢，所以大街在另一頭？」

「對。」

沒走多遠，溫斯洛就突然停了下來，進入大聲嘶鳴的警戒狀態。某戶人家的院子裡，有隻狗被拴在樹旁，牠發出凶猛的吠叫回敬。溫斯洛拉扯牽繩，繼續發出憤怒的「嗚……啊……噢……喀……」回擊。

一名男子從屋裡走出來，手拿報紙打狗。「把那頭驢子牽走！」男子大喊：「快啊，快點走開。」

「抱歉，」路易說：「牠從來沒有這樣過。」

男子大吼：「驢子和狗不對盤！」

路易和諾拉努力拉著溫斯洛前進。他們走了一段路，溫斯洛才鎮靜下來。

「哇，」諾拉說：「真夠猛的。」

「我也被牠嚇了一跳，」路易坦承，「可是我覺得溫斯洛是想保護我們。我以後絕對不會靠近那個地方！」

路易和諾拉決定繼續朝垃圾場前進，但回程的時候他們改走大街。不過等他們走到大街上，路易建議繼續走去比特叔叔的農場看看。

諾拉捧著自己的下巴說：「我不知道耶，農場離這裡有多遠？」

「不能說很近，可是不會太遠。」

「路易，這樣有說等於沒說。」

「好啦，妳會喜歡那裡的。」

「我也可能不喜歡，我不保證我會喜歡。」

「可是妳也可能會喜歡。」

40 牠們會撐過去嗎？

走過又寬又長、沒鋪碎石又滿是爛泥的車道後，就是比特叔叔的條板屋農舍。路易帶諾拉和溫斯洛繞過屋側，走向後方的紅色牲口棚。溫斯洛豎起耳朵東張西望，聆聽牛、豬、羊和雞的叫聲，那是由哞哞、齁齁、咩咩和咕咕聲組成的活力農場樂章。

溫斯洛騰躍蹦跳，迫不及待要好好探索一番。

諾拉捧著臉說：「我不知道，我不知道我能不能辦到。」

比特叔叔在牽引機上朝他們揮手。「嘿，親愛的！你們先隨便逛逛，

去看看剛出生的小羊和小牛吧！我馬上就回來。」說完，他就開著牽引機，轟隆隆的朝附近的田野前進。

羊媽媽和兩頭剛出生的羊寶寶，關在比較小的圍欄裡，跟其他羊隔離開來。那兩頭羊寶寶好小好瘦弱，身上的白色羊毛又短又稀疏，露出底下粉紅色的皮膚。一隻羊寶寶站了又跌、跌了又站，另一隻則是蜷縮成一團，依偎在羊媽媽身邊。

「小羊好像溫斯洛剛到你家的時候喔。」諾拉說。

「溫斯洛剛來的時候，有那麼小那麼瘦弱嗎？」

「有啊！你忘了嗎？」

溫斯洛用鼻子蹭了蹭鐵絲圍欄，發出非常溫柔的叫聲，那聲音有點像是爸爸帶牠回路易家那天，牠第一次發出「幫幫我」的聲音。

羊媽媽抬頭對溫斯洛打招呼，「咩」了一聲作為回應，接著又低頭看向身邊的羊寶寶。另一隻羊寶寶到處跌跌撞撞，最後倚著羊媽媽跌坐在地，跟同胎手足窩在一起。

「牠們會撐過去嗎？」諾拉問：「我希望牠們能順利長大，可是牠們看起來好脆弱，對不對？」

「小動物一開始都是這樣。」路易說完，不由得被自己的回答嚇了一跳，他什麼時候變得這麼有把握了？他曾見過好幾十隻剛出生的羊寶寶，每次看都跟諾拉有同樣的感受，想著，「牠們會撐過去嗎？牠們看起來好脆弱。」

不過，只有其中的一、兩隻沒有撐過去，其他羊寶寶全都平安長大，溫斯洛也撐過來了，而他——路易，也成功完成了活下來的任務。

41 好孩子，別緊張

諾拉每看到一隻動物，就會伸手摀住嘴巴，好像害怕有什麼東西會從嘴裡蹦出來一樣。路易看著諾拉體驗農場風光：羊寶寶、走路搖搖晃晃而且頭大毛捲的牛寶寶、發出尖細叫聲的粉紅豬寶寶。路易從沒看過諾拉這麼開心有活力。

溫斯洛把口鼻探進圍籬的空隙，向其他動物介紹自己。新生的牛寶寶和溫斯洛隔著圍籬鼻尖對鼻尖站著，嗅聞彼此的氣味。最後，牛媽媽大聲的哞哞叫，把溫斯洛的鼻子推回圍籬另一邊，大罵牠跟自己的寶寶靠得太

近。

雞群噪動不安，又是拍翅，又是咕咕大叫。新來的驢子在雞舍附近出沒，惹得牠們很不開心，不過諾拉在牠們身邊跪下時，牠們倒是大肆賣弄了一番，東跑跑、西跑跑，還發出短促的咕咕叫。

路易有種奇怪的感覺，農場裡好像少了什麼，但他說不出究竟是什麼東西不見了。他環顧四周，想找出原因。

路易和諾拉回到羊隻圍欄區，看著兩隻羊寶寶蜷縮依偎在羊媽媽身邊。這時，比特叔叔開著牽引機回來了，朝他們大喊。

溫斯洛的耳朵轉了轉，接著大聲嘶鳴。一隻邋遢的棕色老狗從屋子的另一側慢吞吞、懶洋洋的朝他們走來。

「好孩子，別緊張，」比特叔叔對溫斯洛說：「那是我家的看門狗。牠膽子小，加上年紀大了行動遲緩，訪客來了牠的反應比較慢。你看，牠在搖尾巴呢，連隻蟾蜍都嚇不跑。」

「聽說驢子和狗不對盤。」路易說。

「通常是這樣啦，可是這個老傢伙不知道自己是狗，我看牠八成也不知道溫斯洛是驢子。」

這時，路易終於明白什麼不見了。他每回來農場都會見到一頭驢子，一頭敏感、固執，以保護農場為己任的驢子。比特叔叔都叫牠「我的灰小毛」，葛斯說「灰小毛」是「灰色小毛驢」的簡稱，那隻「灰小毛」就是溫斯洛的媽媽。

42 對不起！

隔天從一大早開始就是好天氣，陽光照得窗戶上的玻璃閃閃發亮。路易套上葛斯的舊夾克，爸媽在院子裡工作，溫斯洛則在圍欄裡跑跑跳跳，嗅聞空氣裡春天的氣息。真是美好的開始。

然而……

圖莉太太走到門外大罵路易、路易的爸媽，還有溫斯洛。一家人和驢子無一倖免，全被指責：「沒日沒夜的，成天吵個半死！」

「可是牠晚上通常不會亂叫，」路易試著解釋，「只是偶爾叫叫。」

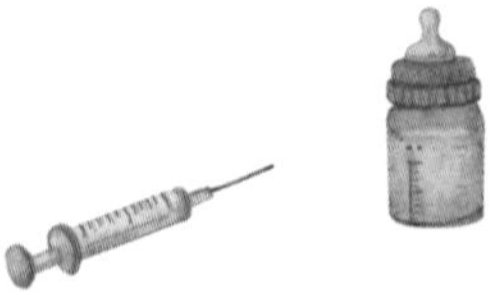

「真是夠了。我跟你說，真是夠了！我已經筋疲力盡，快被吵到發瘋了！衛生所的人來過了嗎？她有沒有跟你說這裡不能養動物？動物管制員來過了嗎？他有沒有跟你說法律上的規定？」

路易的媽媽說：「都來過了，也跟我們講過了。」

路易的爸爸說：「對不起，吵到妳了，我們正在處理這個問題。」

路易什麼都沒說，因為爸爸把手擱在路易的肩上警告他別說話，不過路易心裡想的是：「妳家的寶寶吵到我們了！妳家的愛哭鬼吵醒我了！」

圖莉太太回屋裡沒多久，麥克就走上路易家的車道，露出一副背負千斤重擔的模樣。

「出了什麼事？」路易問。

「克勞汀娜。」

「噢，又來了？」

「路易，她讓我心碎。」

麥克一面摩挲溫斯洛的頸背，一面說：「要是葛斯在就好了。」

路易和他的爸媽默默點了點頭。

「我好想他。」麥克說。

路易和他的爸媽依然沒有說話，只是點頭表示贊同。

「我是說，我知道保國衛民很重要，也知道希望不是他而是別人去從軍的想法很自私，可是我好想念他。」

溫斯洛發出一聲小到幾乎聽不見的「咿歐」，那個音調聽起來既悲哀又憂傷。

路易說不出話來。

在那之後，下了一整天的雨。

43 出事了

當天晚上持續下著雨，而且還颳起風來，一道道強風在樹林間呼呼狂嘯。路易去看了溫斯洛兩次，確認牠沒被淋溼，一切平安無事。夜裡不僅風雨交加，雷鳴閃電也跟著報到。突然間，雷聲隆隆震得窗戶咯咯作響，閃電的刺眼強光，照亮了路易的房間。

路易爬到葛斯床上，躲進被窩裡直到暴風雨平息，一切回歸寧靜。不過路易沒睡多久，就被溫斯洛的嘶鳴聲吵醒了。

「糟糕，」路易心想，「不要選在這個時間，不要這麼大聲，不要在大

半夜叫啊。圖莉太太的寶寶會被吵醒，圖莉太太又要抓狂了。」

溫斯洛繼續叫，而且愈叫愈大聲。

「拜託，不要選這個時間叫。」路易心想。

溫斯洛響亮的嘶鳴聲毫不停歇。路易從床上坐起來，覺得一定是出事了。

路易下樓往後門走，腦中冒出的第一個想法是有人想帶走溫斯洛，溫斯洛正在拚命抵抗。

爸爸在廚房裡說：「真是吵翻天了！牠是哪根筋不對勁？」

「不知道，我去看看。」路易抓起手電筒就往外頭走。

傾盆大雨讓院子和圍欄變得一片泥濘。乾草被吹到鐵絲圍籬上，大大小小的水桶也被風吹翻了。溫斯洛焦躁不安，用後腿猛踢圍籬。

「好孩子，別緊張。你怎麼了啊？」路易沒看到也沒聽見有人在附近出沒，柵欄的門也拴得好好的。「你怎麼了？跟我說啊。」

路易打開柵欄的門，溫斯洛立刻往他身上撲。路易聞到一股焦味，感覺像是從車庫上方夾層傳來的。

「爸！爸！」

溫斯洛推著路易，把他從車庫推到院子裡，接著朝圖莉太太家的方向抬起頭，不間斷的大聲嘶鳴：「咿歐！咿喀歐歐！咿歐！」

「溫斯洛，沒事的。噓，安靜下來……」路易哄著溫斯洛，發現陣陣濃煙從頭上飄來，而且濃煙的源頭來自於圖莉太太家。

44 拜託、拜託

溫斯洛繼續大叫，路易則猛捶圖莉太太家的後門。頭頂上方的濃煙愈來愈多，從圖莉太太家屋頂的一處小洞，還有閣樓窗戶源源不絕的冒出來。

路易聽見寶寶大聲哭號，接著樓上有一盞燈亮了，隨後樓下的燈也亮了起來，圖莉太太抱著裹在毛毯裡的寶寶，從後門衝了出來。

溫斯洛不停用鼻子頂著毛毯低聲呢喃，那聲音就像在說：「拜託、拜託。」

突然間，一陣陣警笛聲傳來，消防車到了。不到幾分鐘，圖莉太太家就被消防隊員和梯子包圍。一條條水管噴出的水柱，在街燈照耀下帶著黃色光暈。一道道圓弧狀的水柱劃過空中，沖向圖莉太太家的屋頂和路易家的車庫。

路易的爸媽、麥克一家，還有數十位鄰居在附近聚集。

「暴風雨、閃電！」

「一定是打中屋頂了！」

「好險妳逃出來了！」

「妳是怎麼……」

「妳是什麼時候……」

諾拉沿著街道跑來，身上穿著皺巴巴的睡衣，外頭套了一件厚厚的長袖運動衫。「我就知道！」諾拉大喊：「我就知道出事了！」諾拉用額頭頂著路易的額頭問：「你沒事吧？」見到路易點點頭，諾拉馬上轉向溫斯洛，用雙手環抱溫斯洛的脖子，問溫斯洛一樣的問題：「你沒事吧？」

圖莉太太依然把寶寶緊緊摟在懷裡，溫斯洛依然站在她的身邊，用鼻子頂著她懷裡的寶寶。

「你！」圖莉太太說：「你這個愛吵鬧的小東西，你救了我們一命。」

45 咘咘

消防隊員收隊後，圖莉太太和路易的爸媽，坐在路易家廚房的長桌旁。圖莉太太淚眼汪汪而且有些恍惚。「路易，可以幫我看一下咘咘嗎？」

「咘咘？」

「我的寶寶，咘咘。」

「嗯，他叫咘咘？」

「小名。」

路易的媽媽說：「咘咘在你的房間裡，圖莉太太晚點也會過去休息。

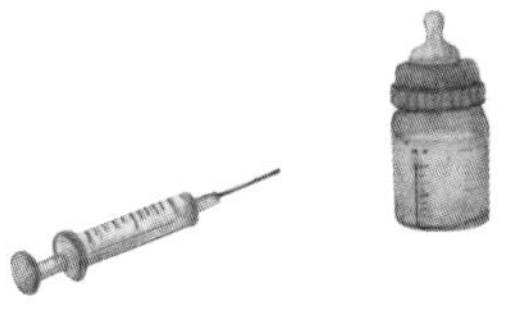

你今晚睡樓下，可以吧？」

路易躡手躡腳的走進房間，深怕吵醒咘咘。一張折疊嬰兒床放在路易和葛斯的床鋪中間，咘咘在裡頭睡得正香。

咘咘的臉圓嘟嘟的，睫毛很長。他的黑色鬈髮糾結成一大團，看起來像是頂了一朵燒焦又炸開的花椰菜。咘咘身上蓋著一條黃色毯子，一隻抵在下巴上的小手緊抓著毯子的邊角，另一隻小手的大拇指則塞在嘴巴裡。

「那些震天價響的哭鬧聲，全是你製造出來的啊？」路易想。

路易輕輕把手擱在寶寶的身上，確認他還在呼吸。路易感覺到寶寶的體溫，感覺到寶寶胸口緩緩的起伏。

路易不知道圖莉先生這個人是不是存在，要是有這個人的話，跟兒子分隔兩地一定很難受，而且圖莉太太一個人帶孩子一定很辛苦。

接著路易想起了諾拉。她的媽媽不在身邊，弟弟夭折，加上家中的狗又死了，這樣的日子不知道有多難熬，諾拉的爸爸一定也過得很辛苦。

路易又想到了溫斯洛。溫斯洛沒看過牠的媽媽，還被一群語言不通的陌生人養大，這感覺一定怪。

這時咘咘醒了，他看到路易，接著火力全開的嚎啕大哭。

下一秒，外頭也傳來溫斯洛響亮的嘶鳴聲。

路易抱起大哭的咘咘，帶他下樓找圖莉太太。

「聽到沒？」路易說：「是寶寶先哭，然後溫斯洛才開始大叫的！懂了嗎？」

大家聽了露出一臉茫然的表情。

「溫斯洛想保護寶寶，所以寶寶一哭牠就大叫，牠是在提醒我們。」

「提醒我們？」圖莉太太不明白。

「溫斯洛是說：『寶寶需要幫忙！拜託快來救救他！』」

46 以牠為榮

隔天早上，廚房裡忙成一團。路易的爸媽忙著煮咖啡、煎鬆餅，圖莉太太則忙著餵咘咘吃飯。咘咘被擺在嬰兒椅上，小手拍打著碗裡的穀片加牛奶，還把自己抹得滿頭滿臉都是。諾拉也在，她剛才看過溫斯洛的狀況，現在正在欣賞廚房裡的亂象。

在一團忙亂之際，比特叔叔一面踩著重重的步伐走進廚房，一面大聲問好：「嗨，親愛的。」比特叔叔聽說火災的事情，趕緊來路易家看看是不是一切平安。不過他眼下也有自己的煩惱，有隻土狼趁著夜色闖進農

場，吃掉了一頭剛出生的小羊。

「那慘況真的太恐怖了，我根本不想描述給你們聽。一地都是血、一團亂，羊群都被嚇壞了。」

諾拉伸手摀嘴，喃喃的說：「噁斃了。」

路易心頭一沉，感覺有什麼東西從胸口往下掉，一路掉到了雙腿，再落到地板上。路易不想開口，話卻自動從嘴巴裡冒了出來。

「你需要溫斯洛。」

大家紛紛轉頭看向路易，室內鴉雀無聲，就連咘咘也愣住了，把手塞在嘴裡停格不動。

「嗯，溫斯洛的媽媽還在時，把羊群守護得很好，」比特叔叔坦承，「我的灰小毛。」

「灰色小毛驢。」路易說。

「葛斯是那樣叫她啦，」比特叔叔說：「不過大家通常都是說牧羊犬。以我的情況來說，就是牧羊驢了。」

諾拉睜大眼睛瞪著路易說：「你打算就這樣放手讓溫斯洛離開？」

路易轉身對諾拉說：「要是有生物想靠近羊群，溫斯洛絕對會大吵大鬧，對吧？溫斯洛可以跟其他動物在一起，生活也有了目標，牠會擔任很重要的工作，徹底發揮牠的長處。」

「你會以牠為榮的。」比特叔叔說。

「我們可以去看牠吧？」路易問。

「當然，隨時歡迎，每天來也沒問題。」

「諾拉也一樣嗎？」

「當然。」

47 最棒的驢子

那一天，路易和諾拉最後一次牽溫斯洛到小山丘上，他們在山頂吃夾了義大利香腸的三明治，溫斯洛則是嚼著青草。

「牠是一頭好驢子。」路易說。

「是最棒的驢子。」諾拉補充。

溫斯洛轉過頭，意味深長的看了他們一眼，接著又轉回去繼續啃食青草。

路易說：「我一直在跟牠說話，不是像這樣大聲說出來，而是在心裡說。牠都聽到了，而且……別笑啦，而且牠好像也在跟我說話。」

「我也一樣，」諾拉說：「牠很善體人意。」

路易扔了一點麵包皮給溫斯洛，但溫斯洛只瞥了一眼，又回頭啃食眼前的青草，彷彿在說：「謝謝，不用了，我吃草就好。」

「我會很想牠。」路易說。

「但是我們可以去找牠對吧？你的比特叔叔說過，我們隨時可以去看牠。」

「就算每天去也沒問題。」

「我們可以在放學後騎腳踏車去看溫斯洛，不過……」

「不過什麼？」

「我沒有腳踏車。」

「妳騎我的就好啦，我可以騎葛斯的車。」

48 新家

隔天，路易和諾拉牽著溫斯洛走過大街，接著穿過整個小鎮，一路散步到比特叔叔的農場。他們再次把溫斯洛介紹給農場上的動物認識，也帶溫斯洛到跟羊群一起住的新家。

「嘿，親愛的！」比特叔叔說：「要不要來幫忙？」比特叔叔端著托盤，上頭有一隻針筒和幾個小玻璃瓶。「我得替羊寶寶打針，我打針的時候，你們可以幫忙固定嗎？」

「還是你固定羊寶寶，我來打針？」路易說：「我現在會幫動物打針

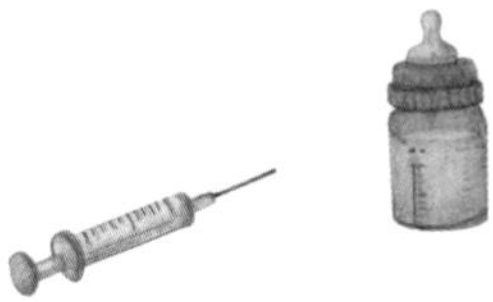

了。」

「哇！真的嗎？沒問題，你來打，我負責固定。」

「還是路易打針的時候，我來幫忙固定羊寶寶？」諾拉提議。

比特叔叔看看諾拉又看看路易，然後點點頭說：「那樣很好，非常好。」

路易回到家的時候，爸媽坐在前廊的臺階上，手上拿著剛收到的信件。媽媽拿起一張明信片，朝路易揮了揮。

「猜猜是誰寄來的？」

明信片上只有短短幾行字：

嗨，大家好：

最新消息：七月有五天休假！
到時候見！
還記得我嗎？

葛斯

當天稍早，路易把溫斯洛留在農場的時候，他以為自己會消沉哀傷一整天，可是看到溫斯洛跟羊媽媽還有羊寶寶相處融洽，再加上接到葛斯快回家的消息，路易覺得一切都回歸了應有的位置。

49 銀色光芒

路易每晚入睡時，腦海就會自動播放一連串的投影片。那些景象一幕接著一幕，有的畫面停留得久，有的則一閃而過，有的還會和其他景象融合在一起。每晚登場的影像，就像是遊行隊伍一樣，每回都有變化，獻上不同人物和地方的新組合。

路易經常看到爸媽、葛斯、麥克和克勞汀娜。看到比特叔叔和農場、圖莉太太和寶寶，還有那個名叫庫琪的女孩。看到靛藍彩鵐停在金黃色的向日葵上，也看到削瘦的男子躺在棕色長椅上，還有夾克熊。

路易看到諾拉穿著大黃蜂大衣和帽子，聽見她說：「我就知道！」

路易看到躺在自己懷裡的小灰驢，然後看到溫斯洛把嘴巴張得大大的，發出奇怪的怒吼，又看到農場上有一隻羊寶寶蜷縮在溫斯洛的腳邊。

某天夜裡，一道銀色光芒從臥室窗口流瀉進來，驚醒了路易。那道光芒穿越整個房間，照亮了葛斯的床和對面的牆壁，那面牆上掛著男孩與小牛的畫作。

不管葛斯身在何方，路易想知道他是不是也醒著？是不是和自己看到了一樣的光芒？

路易也想知道，溫斯洛在農場的新家是不是還醒著？這道光芒會照亮路易掛在溫斯洛圍欄上的小牌子嗎？

記得我
路易

故事館
小麥田 拯救溫斯洛

作　　者　莎朗．克里奇（Sharon Creech）
譯　　者　黃聿君
封面插圖　南　君
封面設計　達　姆
協力編輯　葉依慈
責任編輯　巫維珍

國際版權　吳玲緯
行　　銷　何維民　吳宇軒　陳欣岑　林欣平
業　　務　李再星　陳紫晴　陳美燕　葉晉源
編輯總監　劉麗真
總 經 理　陳逸瑛
發 行 人　凃玉雲
出　　版　小麥田出版
地址：10483台北市中山區民生東路二段141號5樓
電話：(02)2500-7696
傳真：(02)2500-1967
發　　行　英屬蓋曼群島商家庭傳媒股份有限公司城邦分公司
地址：10483台北市中山區民生東路二段141號11樓
網址：http://www.cite.com.tw
客服專線：(02)2500-7718｜2500-7719
24小時傳真專線：(02)2500-1990｜2500-1991
服務時間：週一至週五09:30-12:00｜13:30-17:00
劃撥帳號：19863813　戶名：書虫股份有限公司
讀者服務信箱：service@readingclub.com.tw
香港發行所　城邦（香港）出版集團有限公司
地址：香港灣仔駱克道193號東超商業中心1樓
電話：+852-2508-6231
傳真：+852-2578-9337
馬新發行所　城邦（馬新）出版集團【Cite(M) Sdn. Bhd. (458372U)】
地址：41-3, Jalan Radin Anum, Bandar Baru Sri Petaling,
57000 Kuala Lumpur, Malaysia.
電話：+6(03) 9056 3833
傳真：+6(03) 9057 6622
讀者服務信箱：services@cite.my
麥田部落格　http://ryefield.pixnet.net
印　　刷　漾格科技股份有限公司
初　　版　2022年9月
售　　價　320元

ISBN 978-626-7000-65-6
EISBN 9786267000663（epub）
Printed in Taiwan.
本書若有缺頁、破損、裝訂錯誤，請寄回更換。

國家圖書館出版品預行編目資料

拯救溫斯洛／莎朗．克里奇（Sharon Creech）著；黃聿君譯. -- 初版. -- 臺北市：小麥田出版：英屬蓋曼群島商家庭傳媒股份有限公司城邦分公司發行，2022.09
面；　公分. --（故事館）
ISBN 978-626-7000-65-6（平裝）

874.596　　111007314